都市里的汤姆&索亚

② 欢迎来到游戏之馆

〔日〕勇岭薫◎著

〔日〕西炯子◎绘

徐 畅◎译

北京科学技术出版社
100 层童书馆

敬告：请在游戏前阅读。

真正的冒险精神在于勇敢探索，
而不是铤而走险。

本书内容纯属虚构，
部分情节包含危险操作，
请勿模仿。

开始游戏吗？

开始新的游戏

▶ 读取存档

请导入数据。

"都市里的汤姆&索亚" ①我们的城堡

开始游戏吗？

▶ 开始新的游戏

读取存档

加载中……

"都市里的汤姆&索亚"①我们的城堡

▶ "都市里的汤姆&索亚"②欢迎来到游戏之馆

|主要登场人物|

内 藤 内 人 每天在多个补习班之间奔波的普通中学生。

龙 王 创 也 内人的同学，成绩优秀，龙王集团的继承人。

二阶堂卓也 龙王集团员工，创也的保镖，兴趣是阅读招聘杂志。

栗 井 荣 太 传说中的游戏制作人。

目　录

楔　　子

我噘起嘴，把铅笔夹在嘴唇和鼻子中间，望着眼前的草稿纸，思索该如何撰写故事的开头。过了好大一会儿后，我拿起笔。

> 我的名字是内藤内人。那边那个家伙是龙王创也。
>
> 我们是两个平平无奇的初中生，普通地相遇，经历了一场普通的冒险。
>
> 唯一不普通的是，创也是一个梦想制作出史上最好游戏的游戏狂热爱好者。

写到这里时，一只手突然从旁边伸出，抢走了我的草稿纸。

“嗯……这是什么？”创也冷冷地看着我。

他相貌端正，只需要露出一个冷酷的眼神，就足以令人不寒而栗。

“做个记录。我想趁着还没有忘记，把我们之前的冒险经历写下来。”

我想抢回草稿纸，创也却丝毫没有还给我的意思。

他用酒红色镜框后的双眼盯着草稿纸，说：“这难不成是在模仿《家有仙妻》开头的那段旁白？"

"哦，你居然知道《家有仙妻》?！"我佩服地说道。

《家有仙妻》是1964—1972年共播出8季的美国情景喜剧。创也真不愧是我们学校有史以来绝无仅有的天才，连这都知道，知识量简直无人能敌。顺便一提，创也的小脑袋里总是塞满了各种各样来历不明的无用知识。

"我有几点想说。"创也终于抬头看向我，"首先是'平平无奇的初中生'，你可不是平平无奇的初中生。"

"胡说八道，你凭什么这么说？"

创也不顾我的反驳，伸出食指指着我："你的野外生存能力强得离谱。普通的初中生有像你这样的吗？"

"你要这么说的话，那确实是……"

但是，我是不会认输的！

我用食指回指创也："我敢打赌，如果去问100个人，其中有92个人都会说你才是不普通的初中生！"

"你才是信口开河。你凭什么这么说？"创也皱起眉头。

我开始掰着手指细数证据："首先，你是龙王集团的继承人；其次，你的学习成绩是全校第一，你的知识面很广，参加益智问答节目随随便便就能拿个冠军回来；最后，你说话难听，性格糟糕又古怪，明明对红茶的口味十分挑剔，却愿意用捡来的水壶泡茶……"

"好了好了，讨论下一点吧。"创也打断了我。可恶，我还有一麻袋的话要说呢！

"对于这个'普通地相遇'，我也想提出异议。内人，当初你可是硬闯进这座城堡的。"

"城堡"是指我们现在所在的这栋 4 层小楼。它隶属于龙王集团，现在是栋烂尾楼，唯一的入口在商业街上，只有穿过一条楼宇间的狭窄小巷才能抵达。

创也从垃圾堆里淘来了台式电脑、沙发和茶几，把城堡布置得十分舒适。没有课的时候，他就会窝在这里，做一些杂七杂八的事情。

"明明是你先邀请我的！你把我邀请过来，却又卑鄙地在楼里设置了一堆陷阱！"

没错，我第一次来城堡的时候，为了通过创也设置的陷阱挑战，可是吃了不少苦头。

"说起这事，当时你还把我的夜视摄像头弄坏了。"

他竟然跟我翻旧账！

我生气地瞪着创也，创也同样生气地瞪着我。双方剑拔弩张，战争一触即发。

首先做出让步的是创也：

"行，继续往下看。这里写着'普通的冒险'，可是我并不记得我们有过什么冒险啊。"

他又在装什么傻？我沉默着，心中却开始念叨：怎么可能没有冒险？那个星期六的下午，风和日丽，我却不得不钻进下水道！这究竟是拜谁所赐？全都是因为创也！

可是，创也这个家伙完全无视我的不满，自顾自地接着说道："还有，我不喜欢最后的'游戏狂热爱好者'这个词。我的目标是成为全世界最出色的 Game Creator。"他说"Creator"时像极了英语外教。

嗯……好吧，我知道了，这句话我改一下好了。

无论是拓宽知识面，还是克制自己，以永远保持学者般的冷静，全都是创也为了成为最出色的游戏制作人而付出的努力。他有自己的梦想，而且为之付诸了行动，这一点我是十分敬佩的。（然而，他也就这一点值得人敬佩吧？）

"对了，我想问你，"创也看着我，"为什么突然想做记录呢？"

"嗯……"我挠了挠头，不知道该怎么说。

看到创也为实现自己的梦想而不懈努力，我不禁陷入了思考：那我呢？我的梦想是什么？……结果我悲哀地发现，自己好像没有梦想。

虽然我曾经在同学录里写下"我想成为一名作家"，但其实，这并不是我发自内心的愿望，我也没有为此付出过任何行动。可我看到创也后，觉得自己也得做点儿什么，所以姑且拿出了草稿纸。不管最后能否成为一名作家，先写写总没错——这就是我目前的想法。

但是，要跟别人谈论自己的梦想……我多少感到有些难为情。

创也不知道我这些弯弯绕绕的心思，追问道："喂，到底是因为什么？"

我不想回答，于是把手搭在他的肩膀上。

"总是沉湎于过去，就无法迎接光明的未来，你不觉得吗？"说着，我顺手抢回了草稿纸，"为了我们光明的未来，要不要共进一杯可口的红茶？"

创也似乎并不理解我的话："你怎么前言不搭后语的？"

无所谓，我只是为了糊弄你啦。

"不过，红茶确实可以一喝。"

创也说话也够绕弯子的。

不一会儿，大吉岭红茶的香气在城堡中弥漫开来。创也将一杯沏好的茶放在我面前。

创也沏的红茶很好喝，我虽然觉得自己在沏茶方面也算有进步，但始终无法与创也匹敌。

红茶的温度透过茶杯传递到我的手心。就这样悠闲地喝着茶，我心情十分放松。但是，这样的时光往往不会持续很久。没办法，冒险故事总会主动找上我们。

那么，话不多说，就让我们开始这段冒险之旅吧！

Are you ready（你准备好了吗）？

第一部

商场躲猫猫

第九章
星期日 01：51 八层

"这样就可以了……"

我在电梯门中间夹了一块瓦楞纸板，这样电梯门就无法完全合上，只能不停地重复开关。出于安全考虑，电梯门没有关严时，电梯是不会运行的。要让电梯恢复运行，必须拿掉纸板。

旁边两部电梯也被我如法炮制。这样一来，三部直梯都不能用了。

我又切断了扶梯的电源，还在七层的上行扶梯处设置了陷阱。只要有人踏上这截扶梯，踢到我放置的引线，位于扶梯顶端的小型购物推车就会立刻滚落下来。

"呼……"

布置总算告一段落，我靠在墙上稍作休息。没有灯光，眼前的一切都处于黑暗之中，只有电梯轿厢缓缓打开时会透出些许光线。

我现在所在的地方是商场的八层，这里主要是餐厅，还有一些儿童玩具店和运动用品店。虽然营业期间这里总是灯火通明，但是现在早已过了打烊时间，四周黑漆漆一片，更像鬼屋。

创也从黑暗中走出来："都按你说的准备好了。"

见他笑着竖起大拇指，我默默地回以同样的手势。

这里一共有三处楼梯，我让创也在其中两处布下陷阱，这样就只剩下北区的楼梯没动过手脚了。

"七层的'神鬼派'会发现我们在他们头顶这么努力地设陷阱吗……"创也喃喃自语道。

说实话，我也有同样的疑问……

这时，我们身后突然冒出一声异响。我和创也吓了一跳，猛地转过身去。

我们壮起胆，在黑暗中屏息寻找声音的源头。旋即，一只老鼠忽然快速从我们脚边穿过。这层有很多餐厅，看来它是来觅食的。

"呼……"

确定那声异响并不是"猫"的脚步声后，我和创也都松了一口气。

但"猫"知道我们在八层。他究竟什么时候会出现呢……

我和创也都深吸一口气，努力抑制住乱蹦的心脏，极力保持着冷静——我们两个绝对不能被"猫"抓到。

话说回来，我和创也到底为什么会在关门后的商场里玩躲猫猫呢？这件事得从几天前说起……

第一章
星期一 17:15 城堡

"今天龙王商场南T店的超值商品是优质板栗！小包300日元，大包500日元，超大包只要800日元！"

这是创也从垃圾场捡回来的电视正在播放的内容。画面中，一个形似板栗的卡通人偶露出可爱的笑容。我原本正靠在沙发上百无聊赖地盯着电视，看到这个广告，立刻噌的一下坐了起来。

"太好了……终于看到了……"我在手边的纸上记下今天的日期。也许是因为太兴奋，我的手竟有些颤抖。

"什么好事让你这么开心？"创也坐在电脑桌前，转过头来问道。

"什么？你不知道吗？"我有些意外，"据说龙王商场南T店的广告有两条，其中板栗的广告非常少见，只要能看到，就会交好运！"

"没听说过。"创也把椅子转过来，面向我，"现在流行这个？"

我点了点头："用看到板栗广告的日期加上自己的生日，把结果乘以9再减去8，如果得到的数字恰好是7的倍数，一周之内，超级幸运日就会降临。"

创也认真地听完我的详细讲解后，重新转向电脑，打开了"都市传说"论坛。

"我对都市传说和坊间传闻非常感兴趣，平时也会关注这类消息，却从没听说过这件事……"创也的手指像跳舞一样在键盘上敲打着，但他无论怎么找，都找不到想要的信息。

"网上应该是没有的。"我插话道，"这个消息貌似只在南 T 店附近流行，知名度不算高。"

"那你是在哪儿听到的？"

"在教室啊。那天我吃完午饭正准备睡午觉，突然听到旁边的女生在聊这个。"

"哪个女生？"

"嗯……堀越。"

"哦。"创也拿起放在桌子上的手机。

"你要给谁打电话？"

"给堀越美晴啊。"创也回答道。他竟然连通信录都不用看，直接开始拨号。

"等一下！你为什么会记得堀越美晴的电话号码？"

"之前不是发了班级通信录吗？上面有所有同学的电话号码啊。"创也的语气仿佛在说"你居然连这都不知道"。

"你该不会在那个时候就背下了大家的电话号码吧？"

创也点了点头。

太可怕了……

电话拨通了，创也显得很高兴。不，也许他还是和平常一样，面无表情且显得有些冷淡，但是在我看来，他现在就是一副扬扬得意的样子。

"嗯，好吧……明白了。好的，谢谢。嗯，明天学校见。"创也挂断电话，"堀越知道的不比你多。她不清楚这个消息是从哪儿传出来的，也不确定是否可信。"

创也在电脑上打开一个空白表格："她好像已经看到过6次板栗广告了，其他女生也会和她分享看到广告的日期。我已经把这些日期都记下来了，看看有没有什么规律。"

创也一口气在表格中输入了十多个日期。

这时我突然意识到一件事：这个板栗广告，堀越已经看过6次，也就是说，她足足能碰上6个超级幸运日！我不禁替她感到开心。

还有一件事：创也在打电话的时候没做任何笔记。他居然能在这么短的时间里默背出十几个日期……他记性这么好，背起历史知识和英语单词来岂不是小菜一碟？我决定考考他。

趁创也全神贯注地盯着电脑时，我贴在他的耳边小声说道："来是 come，去是 go……"

创也转过头来，递给我一个可怕的眼神："你当我是笨蛋吗？"

第二章
星期三 19：22 城堡

上完补习班，我前往城堡。

那辆熟悉的黑色大型轿车照常停在商业街上，一位身材高大的男士——二阶堂卓也先生正坐在驾驶座上读着杂志。创也在城堡的时候，卓也先生通常都会守在这里。

卓也先生是龙王集团的员工，工作是保护创也（为此，我很同情他）。但其实，他的梦想是成为一名幼儿园老师，因此他经常阅读一本叫作《求职才是天职！》的招聘杂志。

不过，对待本职工作，卓也先生足可谓兢兢业业，尽忠职守。

"无论是谁，都不能妨碍我工作。"——这就是卓也先生的原则。警察也好，电视台的保安也好，他"神挡杀神，佛挡杀佛"。

我停下脚步，准备拐进通向城堡的小巷，这时卓也先生立刻抬起头来看向我。读杂志的时候也不忘时刻关注城堡附近的情况，不愧是卓也先生。

我向他轻轻点头示意后，钻进了小巷，绕过数不清的杂物，历尽千辛万苦后总算来到了城堡前。我掏出钥匙，打开城堡的大门。钥匙上挂着创也送给我的华生玩偶钥匙扣。

爬上到处都是灰尘和废弃钢筋的楼梯，我走进了城堡顶楼的房间。

这个房间平时就很乱，今天更是无处下脚，因为满地散落着打印机里吐出来的纸。CD机里循环播放着一张"布鲁斯兄弟"的音乐专辑，但创也显然没有在听。只有茶具还和往常一样，干净整齐地摆放在开放式厨房的操作台上。

对于我的到来，创也无动于衷，头也不回地继续看他的电脑。

我没有打扰他，只是默默地准备沏茶。我先把水壶放在煤气炉上，等水烧开。然后，我用随便煮开的水，随意地沏了杯红茶，放在创也面前。

虽然创也总说要用温度计测好水温再沏茶，但我上完补习班已经很累了，实在懒得折腾了。唯独放茶杯的时候，我恭恭敬敬地将把手转到了右侧，方便他拿取。

"你是按照我说的方法沏的吗？"创也问话时，眼睛依旧看着显示屏，手指不停地在键盘上翻飞。

我故作严肃地点了点头。然而，创也只喝了一口就马上皱起了眉头。

"你骗人。"

果然露馅儿了。

"啊……都怪这杯难喝的红茶，我的思路都被打断了！"创也把错都怪到我头上，然后大大地伸了个懒腰。

我也喝了口红茶。嗯，这虽然不如创也沏的，但还是好喝的啊。

"有什么发现吗？"

听到我的话，创也摇了摇头。

"我比对了很多数据库，没有一个对得上。奇怪，板栗广告的播放日期肯定有什么规律……"他的声音听起来十分懊恼，眼睛却依旧紧紧盯着显示屏，"究竟是什么呢？"

真是可怜……他也老大不小了，是时候明白了吧？——在这个世界上，总有一些事情是他做不到的。

我也看向创也的电脑，对着显示屏上的日期，试图思考这些数字之间的共性。

"这些日期，都是星期几？"

创也无精打采地答道："确认过了，跟这个没关系。"

"那天气呢？"

"也查过了，没关系。"

好吧……我绞尽脑汁地思考。

"那……"

创也盯着显示屏，突然举起一只手："抱歉，你可以保持安静吗？恐怕你能想到的，我都查过了。"

"……"

虽然我很想从他背后给他一拳，但他确实没说错，我只好压下自己的冲动。

嗯？我的视线停在了某个日期上。

"这不是我们一起去夜市那天吗？"

"……"

"你还记得吗？那天我们听说 Y 广场有表演，就一起去了。"

"……"

"当时正好卓也先生不在，你就算大半夜跑出去玩也不会被发现。但我回家之后，被我妈骂了半天。"

听到这儿，创也终于转过身来，用锐利的目光盯着我："我和你一起去看表演这种偶发的个人事件和本地电视台播放的公众广告之间能有什么联系呢？"

"好吧，我闭嘴。"

我老实地窝进沙发，看了一会儿杂志。但是，看创也这么苦恼，我无法坐视不管，善良的我还是决定帮帮他。

"你说，'没有规律'是不是就是一种规律呢？"

创也疑惑地看着我。

"也就是说，播放板栗广告的日子本来就是随机的，商场也是看心情或者看情况来决定今天要不要播放板栗的广告。有没有可能是这样？"

"嗯……"

"因此，你再怎么想也没用。"

创也沉默了。换作平常，他要么反驳我，要么嘲笑我，这次居然安安静静地听我说完了，这令我十分得意。

我继续侃侃而谈："所以你就等下次播板栗广告的时候，直接去调查一下商场不就好了吗？"

这时，创也的眼睛明显亮了起来——如果刚刚是 10 瓦的灯泡，那么现在就是 100 瓦。

"嗯，这个主意不错！"

看到创也重展笑颜，我也很欣慰。所以……所以那个时候，我并没有意识到自己无意间说出了后来令我悔恨终生的话……

第三章
星期六　15：28　城堡

这个星期六的下午是阴天，天空乌云密布，像被泼上了墨汁。然而，我的心情像海岛晴空万里的蓝天一样灿烂，因为今天不用上补习班。

我带着几本喜欢的书来到城堡，躺在沙发上，翻开了其中一本。

下星期一到星期三要考试，按理说现在应该复习，但是接连上了好几天补习班，我实在是太疲惫了。都说劳逸结合，抽一天时间读读闲书，应该也不算偷懒吧。（我妈肯定不会同意这句话……）

可是，每当我想将注意力集中到书上，房间里那台电视的声音都会干扰到我。电视一直开着，创也却只盯着电脑。我躺在沙发上，伸手想关掉电视。

但是……

"别关，我还在听呢。"创也嘴上这么说，眼睛却依旧盯着电脑。

"可你根本没有看啊。"

我的话音刚落，创也便说："我虽然没有看，但在听。"

"你……没有耳机吗？"

"下次我捡一个回来，这次你先忍忍。"

既然创也都这么说了，那我只好妥协。我从口袋里掏出一包纸巾，抽出两张揉成小团，塞进了耳朵里。记性不好的我已经完全忘记创也非要开着电视的原因，只觉得困惑。算了，现在的我只想珍惜宝贵的休息时间，好好看书。

但是，正当我想将注意力集中到书上时，创也站了起来。见他直勾勾地看着电视屏幕，我把塞在耳朵里的纸团取了出来，也看向电视。

"今天龙王商场南 T 店的超值商品是优质板栗！小包 300 日元，大包 500 日元，超大包只要 800 日元！"

电视里传出了板栗广告的声音，我条件反射般地在手边的纸上记下了今天的日期。原来如此，创也是在等这个。

"终于等到了！"创也的声音很欢快。他迈着轻盈的步伐，踢飞散落在地板上的纸片，将水壶放到煤气炉上加热。

看到创也这么兴奋，我很诧异。但我还是努力收回注意力，捏着铅笔在纸上匆匆计算着：今天的日期，加上我的生日……

"请。喝完这杯茶，我们就出发吧！"创也将茶杯摆在我面前，又端起自己的茶杯，说道。

"出发？去哪里？"我没有停下计算。

"还用问吗？当然是去龙王商场南 T 店啊。"

"啊？为什么?!"我抬高了声音。难得今天可以休息……

"'等下次播板栗广告的时候，直接去调查一下商场不就好了吗？'这可是你说的。"

"……"

我确实说了。"悔恨终生"四个字不断地在我的脑袋里闪现，一种不祥的预感涌上心头。

为了保卫我的休息日，我据理力争："一定要今天去吗？我觉得改天也可以啊……"

"板栗广告今天播，所以必须今天去调查。"

他说得对。我自知理亏，也争不过他。

"况且，今天卓也先生不在，正是进行调查的绝佳时机。"

此刻，创也口中的"调查"已经在我脑中被自动替换成了"冒险"。

"啊，今天应该会下雨！天气这么差，躲在屋里乖乖看书才是明智的选择吧？"

我想起了进城堡前看到的天空：阴云密布，而且云的移动速度很快。我的头发也因为湿气而软塌塌的。看这情形，恐怕很快就会下雨——这是我小时候，奶奶告诉我的。

"所以，咱们还是明天再去吧。"

看到创也从房间的角落里拿来一把便宜的塑料雨伞，我的笑容凝固在脸上。

"……"

我还想说点儿什么，却没有思路。

创也开口说道："回家太晚的话，家里人会担心，你提前打个电话吧。"

我就知道，我是说不过创也的。

创也将手机递了过来："你就说'我要和创也一起复习'不就行了吗？再加一句'可能还得熬夜'之类的，你的家人一定会很感动的。"

我无奈地接过手机，拨通了家里的号码。我按照创也教的开始说，刚说了两句，我妈就高兴得不得了，还让我把电话递给创也。

"嗯，好的……明白，我会负责的。"创也挂断了电话。

"我妈对你说什么了？"

"阿姨说：'内人虽然很努力，但是成绩一直上不去。如果你有什么学习的小窍门，麻烦你教教他，好不好？'"

创也模仿我妈说话的语气还挺传神。唉，成绩好就是好，凭空就能获得大人的信任。但像我这样的，不管怎么努力，只要成绩不好，就会遭到我妈的怀疑……

算了，算了，这就是人生。不过，即使不能改变命运，我也要尽力做到最好。那么，现在更重要的是……

我将视线收回到刚才的演算纸上：今天的日期，加上我的生日，得到的数字再乘以 9，接下来减去 8……啊，答案出来了！我也挺厉害的嘛！

再接下来……

"创也……"我问创也，"倍数是什么来着？"

只听创也长长地叹了一口气："我看还是先给你补补数学吧。"

第四章
星期六　17：02　龙王商场南T店

　　这里是傍晚的龙王商场南 T 店。

　　时值星期六，有很多家长带着孩子出来玩。一看到那些牵着妈妈的手蹦蹦跳跳的小学生，我就很想跑过去告诉他们："要不了几年，你们也会尝到考试的厉害。"

　　当我把这个想法告诉创也时……

　　"你的心真狠。"创也鄙夷地看着我，"其实现在的小学生也不轻松，那些想考私立中学的孩子绝对比你忙。"

　　拐着弯讽刺我，创也才是心最狠的那个人。

　　龙王商场南 T 店看起来很像个双层蛋糕，一层到三层和其他大商场一样是平层建筑，好比 3 本同样大小的书整齐地叠放在一起，在这上面再放一个 500 毫升的牛奶盒就是商场的四层到八层了。地下还有两层，其中地下一层连接着地铁口。

　　我们从一层中间的大门进入商场。这里摆放着一扎用来装长柄雨伞的塑料雨伞套，是免费供客人装湿雨伞的。

"一直待在商场里的人应该察觉不到外面的天气变化吧？"我取了一枚雨伞套，一边装雨伞，一边对创也说，"但工作人员居然能够及时将雨伞套拿出来。他们是怎么知道外面下雨的呢？"

这时，创也用手指了指上方。

嗯？我看向商场顶部。

"不是让你看，是让你听。"

听到创也的话，我闭上眼睛，将全部注意力集中到耳朵上。于是我隐隐约约听到一些微弱的音乐声，是商场的广播在播放八音盒里常见的一首曲子——电影《雨中曲》的配乐。

"如果外面下雨了，商场就会通过广播来告知所有工作人员。现在南 T 店播放的是《雨中曲》。当然，并不是所有商场都播同一首曲子，比如迪士尼乐园的官方合作商场有时候就会使用《四月的雨》，因为这是迪士尼动画电影《小鹿斑比》的配乐。"

"哦……"

"工作人员听到相应的广播就知道外面下雨了，然后及时拿出雨伞套，并将纸质的购物袋换成防水的塑料袋。"

我佩服地听着创也的介绍，顺便拿了 5 枚雨伞套，塞进衣服口袋里。

创也无奈地看着我，继续说道："除此之外，商场里还有很多种特殊的广播，可以在遇到不同的情况时播放，比如在商场内发现炸弹。"

我非常震惊："连这种情况都有准备？"

"嗯，举个例子吧，假如商场接到恐吓电话，有人声称商场里装了炸弹，这种时候，工作人员该怎么通知其他人呢？总不能直接在广播里说'大家好，刚刚有人来电说商场里有炸弹'吧？"

这种事的确不能大肆宣扬，搞不好会引起恐慌。

此时，我们经过一层的中庭。这里正作为临时展厅举办一个婚礼主题的展览，到处摆放着各式各样的婚纱。婚纱的裙摆蓬松饱满，像罩在一个个倒扣的碗上。商场还将一至三层的中庭做了挑空设计，我抬头向上看，发现天花板下方悬挂着一张网，上面挂着星星、月亮形状的装饰。

"所以，每家商场都会提前定好暗号，比如接到恐吓电话时就广播'某某市的某某,请立刻联系某某'之类的话语。如果排查之后没有发现异常，就广播'某某市的某某，请

您马上回家'。"创也继续给我科普着。

这样啊……我一边听着创也的话，一边无意识地敲打扶梯的扶手——我们乘坐扶梯，准备去上面几层看看。

"为什么你会知道这些？"我很疑惑。

"是母亲教给我的。她说我作为龙王集团的继承人，应该多了解一些业内的事情。"

原来如此，我不禁感慨我和创也的成长环境果然有很大差别。

说着说着，我们来到了八层。八层是美食城，还有一些儿童玩具店和运动用品店。

我们走进一家饮品店，准备稍作休息。坐在柔软的沙发上，我们各自点了杯红茶。我开始觉得雨天的商场也别有一番风味。

我对创也说："说起来，这里可真大啊！这么大的商场，竟然还只是龙王商场的一个分店，就连龙王商场也只不过是龙王集团的一个项目……"

说着说着，我不由得叹了口气，人与人之间的差距也太大了，命运还真是不公平……

这时，我们点的红茶上来了。我喝了一口热茶，继续说道："我越发觉得你们龙王集团的规模真大。"

创也听到我的话却一脸不悦："龙王集团是龙王集团，和我没关系。"

也许吧……我把茶杯放回托盘。

我点的是这家店的招牌产品——橙香白毫，好喝是好喝，但比起创也沏的红茶还是差了几分。我把我的感想告诉创也后，他看上去很开心。

"其实，我带了红茶。"说着，创也从背包里掏出保温杯，为我倒了一杯他自己沏的红茶。

这么说来，我想起离开城堡之前，他好像是在厨房里忙活了一阵。

"你可真周到。"我真心地夸赞道。

这个家伙虽然很聪明，但有时也很鲁莽。外表看上去很冷静的他经常头脑发热，冲动行事，给我惹了不少麻烦。如果他每天都能像今天这样细心周到就好了。

我细细地品尝着创也带来的红茶，问道："接下来，你准备怎么调查？你应该有计划了吧？"

创也点了点头，看了眼手表："现在说也可以，但我不想解释两遍。你现在难道不觉得困吗？"

解释两遍？这是什么意思？

我想问清楚，但脱口而出的不是问题，而是一个大大的哈欠。

嗯？我这是怎么了？真的有困意席卷而来，我的眼皮也逐渐变得沉重……

好奇怪，我就算再怎么缺觉，也不至于突然困成这样吧？

创也用迷幻又诡异的表情看着我："你现在应该特别想睡觉吧？这东西竟然对头脑简单的人这么有效果？我得好好研究研究。"

什么东西？他给我喝了什么？我昏昏沉沉地想着，感觉下一秒就要睡着了。

"今天这杯茶，我来请客。"创也恬不知耻地说，然后站了起来。我也跟着起身，却很难站稳。

乘扶梯下楼时，创也对我说道："我在刚才给你喝的红茶里加了一点儿助眠药。"

那到底是什么东西？！

"别担心，我只是帮你补补觉而已，你就安心地睡吧，到点我会叫你的。"创也看了眼手表，说道。

好你个龙王，竟敢在茶里下"毒"！我想模仿古装剧角

色所用的语气骂他一通，却怎么都张不开嘴，只感觉意识

渐渐模糊……

第五章
星期六　22:33　一层

这是哪儿？我是谁？迷迷糊糊中，我睁开了眼睛。

眼前很昏暗，我貌似身处一个白色的帐篷中，视线被完全遮挡着。我想起之前被关进狭小的泡沫箱里的糟糕经历，那真是一场噩梦……

我低头看看自己的身体，看上去我好像抱着膝盖睡着了。这姿势也太不自然了，难怪现在身体格外僵硬。

我扭转脑袋，发现创也以相同的姿势坐在我身旁。

创也点亮手表的背光："按照我的计算，你应该在 10 点半醒过来。看来，还是出现了 3 分钟的误差。不过这么细微的误差可以忽略不计。"说着，他又露出了恶魔般的微笑。

我打了个大大的哈欠，然后揪住创也的衣襟："你给我解释一下，我们这是在哪儿？现在几点了？"虽然睡眼惺忪的样子起不到什么威慑作用，但我还是努力睁大眼睛瞪着创也。

"这里是龙王商场南 T 店的一层中庭展厅，时间是晚上

10 点 33 分——啊，已经 35 分了。"创也答得很精确。

展厅……也就是说……该不会……

"我们在婚纱里面？"

创也竖起一个大拇指，表示我猜对了。

好吧，怎么偏偏是在婚纱里面……

"没有其他能藏的地方了吗？比如厕所的隔间，家具卖场的床底。"

创也摇着食指，得意地说："你说的这些地方都不可行。如果藏在厕所隔间，一直锁着门会显得可疑；藏在床底下会被保洁人员发现。"

原来如此……

接下来的问题是我最想问的："那么，让我们留在关门的商场里，你究竟想做什么？"

"我会解释清楚的。但……你要在这儿听吗？还是换个地方？"

我左右看了看。这里是婚纱里面，我觉得还是不要久留为好。

创也看了眼手表："警卫下次巡逻是在午夜 12 点。我们还有时间。"

这个人竟然在我不知道的时候，连警卫巡逻的时间都查好了……

创也从婚纱下钻了出去，我紧随其后。看到外面的景象，我吃了一惊：这里真的是白天那家商场吗？

营业时间结束，商场里的灯尽数熄灭，只有紧急出口标志和应急灯散发出荧荧光线。在无光的室内，看什么都是黑灰色的，这让我有种置身于黑白电影中的错觉。一时间，我有些发愣。

"你怎么了？"创也拍了拍我的肩膀。

这家商场对我展露出了平时没有机会看到的另一面：婚纱的旁边放着几个大纸箱，里面装满了气球，大概是打算明天开店之前装饰上的。我可以想象到这些气球在明亮的灯光下会多么五彩缤纷，现在却显得十分暗淡。

创也见我不回答，就不再言语，拽着我继续往前走。摆放得整整齐齐的女装和人形模特若是在灯光的照耀下肯定非常华美，然而此时只剩下阴森恐怖。

唯一不变的，只有化妆品柜台飘荡的化妆品的香气。

走过女装区和化妆品区，我和创也来到男厕所的一个隔间里。

真不愧是阔绰的龙王商场，连厕所都这么宽敞，哪怕两个人进一个隔间也不觉得拥挤。

我正要锁上门，却被创也拦住了。

"警卫巡视时并不会一间一间地检查厕所，除非他看到有哪一间是锁着的。"

原来如此。创也做事总是这么滴水不漏，难怪没有朋友。

创也坐在马桶盖上。我靠在墙边，抱着胳膊。

他开口道：

"你知道这个故事吗？在网络还没有普及的年代，有一家拥有几万名员工的大型公司准备在一个周末开运动会。但当天的天气不太好，天空阴沉沉的，看上去随时可能下雨。运动会到底能不能如期举办成了未知数。内人，如果是你的话，你会如何把确切消息告知这么多员工？"

我想了想，觉得这种情况下，也许可以在当天清晨通过是否燃放烟花来通知大家：如果有烟花，那就说明如期举办；如果没有，那就是取消了。

听到我的回答，创也摇了摇头："如果是小学办运动会，这个方法是可行的，毕竟涉及的人数比较少。但对拥有几万名员工的大公司来说，烟花的声音太小，辐射的范围也有限。"

"那如果在几个地方同时点烟花呢？"

创也又摇了摇头："那就太麻烦了。"

"嗯……"

我又想了想："那用电话通知呢？虽然是个笨办法，但能确保联系到每一个人。"

创也还是摇了摇头："这个办法也很麻烦，而且要用掉很多电话费。"

唉，这个方法也行不通吗……不行，我已经黔驴技穷了。我摊开双手表示放弃。

创也把正确答案告诉了我："用广告。准备两版广告，照常开运动会的话用 A 版，取消的话用 B 版，在电视或者广播里播放出去。"

原来如此……这样就能以较低的成本一次性通知所有的员工了。好吧，这确实是一个聪明的方法。

"那……这个故事和我们现在躲在商场的厕所里没什么关系吧？"我问创也。

创也耸了耸肩，说："唉，我还以为你能听懂我想说什么呢。"

被他这么一说，即使不懂，我也要装懂。

我重重地点了点头："其实我懂。板栗广告就是龙王商场通知大家照常举办运动会的暗号吧！"

"你在开玩笑吗？"创也笑着反问我。

"……"

我没有开玩笑。那么，这种时候应该做出什么样的反应才不会尴尬呢……

创也的表情变得严肃起来："我觉得，板栗广告或许和栗井荣太有关系。"

"哦……！"

没想到栗井荣太的名字突然冒了出来，我有些惊讶。

栗井荣太，传说中的游戏制作人，立志成为游戏制作人的创也一直在寻找他。为了创造出史上最好的游戏，创也一直想和这个人当面聊聊。是为了做游戏时加以参考吗？正相反，他是为了避免和栗井荣太做出相似的游戏，才要听听对方的想法。

但问题是，为什么栗井荣太的名字会在这个时候蹦出来呢？我不明白。

我决定保持沉默，听创也讲完。刚才这段对话，创也本人也许有自己的逻辑，我却有点儿跟不上。我们俩的知识量实在是相差太多了，更别提还有推理等能力的差距……虽然我很不甘心，但这些差距恐怕不是靠努力就能缩小的。

"曾经，网上有一款免费的电子游戏。"创也娓娓道来，我则集中注意力听讲，"那是一款冒险动作类RPG（角色扮演游戏），主角是一颗来自深山的板栗。为了成为优质的板栗，它独自来到了大城市。在追梦的过程中，它不幸迷失在打烊后的商场地下美食城中。蛋糕店想把它做成栗蓉蛋糕，熟食店想把它做成板栗焖饭……这颗板栗不断地与敌人战斗，就这样一步步靠近那家板栗专卖店。"

"……"

我不知该作何反应。是该说"这游戏真不错"呢，还是该说"这剧情好无聊"呢？真令人头大……

"这个游戏不大，脚本还算有趣，但也经不起推敲。唯独——"创也坏笑起来，"深夜的地下美食城被刻画得非常真实。在显示屏上，那空无一人、昏暗诡异的场景甚至像一个异世界，会让人不由自主地迷失在里面。因为这款游戏，栗井荣太才成了游戏爱好者们心中的传奇人物。"

哦，也就是说，这游戏很不错吧……

"我把这两件事联系在了一起。"创也的口气听起来像个大侦探，"板栗广告播放后，商场里究竟会发生什么事？也许会在关门后上演不为人知的冒险游戏，而藏在整个事件背后的就是……"

"栗井荣太吗？"

听到我的猜测，创也重重地点了点头。

这就点头了，真这么简单？

"如果板栗广告和龙王商场、栗井荣太之间，没有任何关系呢？"我又问道。

"也有可能。不对，说起来这种可能性更高。但是……"创也说着说着笑了。我从他的眼神中读出了坚定，那眼神仿佛在说："我自己的梦想，我要亲手实现。""只要有栗井荣太的蛛丝马迹，哪怕希望渺茫，我也要试试。"

原来如此……

嗯，我懂了。我们之所以躲在闭店后的商场里（严格地说，是男厕所里），就是为了寻找栗井荣太。

为了见到栗井荣太，我们此前冒险深入下水道，还设法进入了电视台，可无论怎么找，都没能一睹其真容。栗井荣太这个人就像骄阳下的热气一般难以触摸……而这个神秘人物或许就藏在这家商场的某个地方。

"呼……"

我做了个深呼吸，强烈的兴奋感让我心跳加速。也许今晚就能见到栗井荣太了……想到这里，我竟起了一身鸡皮疙瘩。

"好！"我冲创也竖起了大拇指，"我们走吧，为了成为优质板栗——不，为了见到传说中的游戏制作人！"

第六章
星期日 00：13 一层

处在一片黑暗中时，只要闭上眼睛，你就能听到周围传来的各种声音。比如我现在就听到了墙体内管道中的流水声，应急灯发出的刺刺声，以及轻微的脚步声——有人在逐渐靠近我们。

脚步声停在了厕所前，手电筒的光在厕所的地板上扫来扫去。正如创也所说，警卫并没有一间一间地检查。

终于，脚步声远去了。

创也点亮手表的背光，确认了一下时间。

等到凌晨 0 点 25 分，我们离开了厕所。

"现在去哪儿呢？"我小声问创也。创也什么都没说，用手指了指脚下。

好吧，看来是要模仿那款游戏，从地下一层开始调查。

我们小心翼翼地朝楼梯间走去，尽量不发出声音。

突然，我们所在楼层的灯亮了。

我的眼睛还没适应刺眼的灯光，身体先做出了反应——

按住创也的后脖颈，带着他连滚带爬地躲到一个标着"临期打折"的货架后面。

"我又不是猫。"创也忍不住抱怨起来。

我小声问他："灯为什么突然亮了？"

创也似乎也一头雾水，摇了摇头。

咔嗒、咕叽、哐啷……各式各样的脚步声随即响起。创也和我一样，赶忙把耳朵贴在地板上。

这可不是一两个人的声音，怎么听都有 10 个人左右。为什么闭店后的百货商场里会有这么多人？

"创也，你的手表是不是慢了？"

莫非已经天亮，到开门时间了？

"这可是无线电时钟，一秒都不会差的。"创也仿佛被伤了自尊一般，急忙说道。

那么，这些脚步声到底是什么人发出的呢？

脚步声越来越大，同时还能听到细碎的说话声。我和创也趴在地板上匍匐前进，尽量远离这些声音。我们转移到一面带轮子的落地镜后面，透过镜框和地板之间的缝隙向外张望。

许多双脚经过我们的面前。这些脚的主人，有的西装革履，有的穿着和服、木屐，还有的踩着正红色的漆皮高跟鞋……他们的年龄和性别各不相同，但衣着看上去都很贵。

"4名女性，5名男性。"创也小声清点着。

这些人好像在交谈，但我们听不清内容。他们走到电梯前，等待电梯。很快，叮的一声，电梯抵达的声音清清楚楚地传到了我们耳中。直到他们走进电梯，轿厢门缓缓关上，我和创也才从镜子后面冲出来。

电梯楼层指示屏上的数字不断变换：1、2、3、4……

"叮。"

很快，从我们的上方又传来一声轻微的响声，电梯停在了七层。与此同时，我们所在楼层的灯灭了。

等待眼睛适应黑暗的同时，我问创也："我们现在应该做什么？"

创也什么都没说，用手指了指上面。

我猜也是。这些人深夜出现在这里，究竟要干什么？难道栗井荣太也在其中吗？面对这么多疑问，想要一探究竟是人之常情。

我正要按下电梯的按键，却被创也阻止了："别按！一旦电梯启动，我们就会被发现。"

没错，他说得对。

"我们不能被发现吗？"

创也点了点头："你想想看，那些人一出现，一层的灯就亮了。也就是说，商场早就知道这些人会来，还开灯迎接了他们。那我们呢？商场会欢迎我们吗？"

我摇了摇头。

"如果有人发现我们，他肯定会报警的。"

报警……

我的脑海中浮现出自己被戴上手铐的样子。仔细一想，我们的行为确实不算合法……

"就不能把我们当成是小孩子在恶作剧吗？"

我仅存的一线希望在看到创也表情的瞬间被击得粉碎。如果这里只有天真无邪的我，那或许还能得到原谅，但是看到创也这人小鬼大、少年老成的样子，任谁都会觉得他早有预谋。

"我猜你一定是在想什么很没礼貌的事情。"

创也瞪着眼睛说。我立刻用力地摇了摇头。

"哼！"

我们站在楼梯旁的引导牌前，看看七层都有哪些店：童装店、婴儿用品店、眼镜店、洗衣店、摄影工作室、服装租赁店，还有一个活动中心……

我指出"活动中心"这几个字，表明我的怀疑。创也点头表示认同。

我们爬上楼梯，准备前往七层，没承想先在满是女装店的三层撞见了"猫"。

第七章
星期日　00：49　三层→六层

　　创也随身带着一个手电筒，但是不能用，因为周围太黑，手电筒的强光会暴露我们的行踪。

　　我们尽量放轻脚步，小心翼翼地向上走。

　　"喂，创也，"我压低声音，向走在前面的创也发问，"一层有卖女装的，刚刚经过的二层和三层也都是女装店，看引导牌，四层还有女装店和高级时装店，为什么商场里有这么多卖女装的店呢？"

　　"……"

　　"还有啊，为什么一般卖女装的店铺楼层都在卖男装的下面？"

　　"……"

　　"创也，到底是为什么呢？"

　　创也转过头来，满脸怒气。虽然他嘴上没说，但眼里写满了"不要再问我无聊的问题"。我立马露出一个灿烂的微笑，以表歉意。

就在我们到达三层，准备上四层的时候，我忽然听到了轻轻的嘀嗒声。我看了眼创也，他看上去也十分疑惑。

我们望向三层。这层楼依旧是黑漆漆的，但在那片黑暗中，依稀有什么东西在动。

我向创也投去一个眼神，他点点头。

接下来，我们需要一路向上前往七层，如果三层有什么东西从背后跟着我们，我们就……嗯，还是先摸清三层的状况比较好。

我们蹑手蹑脚地走进商场三层。这里没有一层那种化妆品的香气，而是充满了新布料的气味，墙边的架子上摆放着很多鞋靴。从鞋柜旁走过，我们来到了三层的中庭区。就像之前所说，这里也是空的，直通一层的中庭。

我靠在栏杆上，观察周围的情况。

什么都没有……我和创也交换了一个眼神，稍微松了一口气。

这时……

嗒……

远处传来了细微的脚步声。我们立刻循着声音传来的方向看去，发现那里站着一个身穿西装的男人，他的脸隐没在黑暗中。

不知是不是身体轮廓和周围的黑暗融在一起的原因，那个人的身形看起来十分高大。

我们和那人隔着黑暗相望。这时，他朝我们伸出了手。

我和创也僵在原地无法动弹。这就是被蛇盯上的青蛙的心情吗……

这时……

"喂，你们是什么人？"

男人的背后传来一声呵斥，手电筒的光像长枪一般扫了过来。

是警卫！警卫恰好巡逻到这里了。男人吃了一惊，下意识地转过头去。

被蛇盯上的青蛙也抓住了这个机会，当场复活了！我和创也立刻转身开始逃跑。

"别跑！"警卫大喊道。紧接着，一阵混乱的吵嚷声响起，估计是刚才的男人和警卫扭打了起来。但现在可不是看热闹的时候，我们顾不上放轻脚步，快速回到楼梯处，然后沿着楼梯拼命地向上爬。

如果现在是在参加运动会的赛跑比赛，我们绝对会赢得

最热烈的欢呼声和掌声——恰好在我们冲进商场六层瘫坐在地时，我冒出了这个想法。

六层主要售卖高级时装、礼服、精品杂货和家装用品。

呼吸恢复平静之后，我问创也："刚才那个男的……是什么人啊……"

"……"

此时创也还说不出话。（所以说，每天坐在电脑前肯定会运动量不足啊！）

我继续问："那个人……会是栗井荣太吗？"

"不……不知道。"创也终于缓过来，能开口说话了，"我只知道那个人是'猫'。"

"啊？"

创也到底在说什么？难道因为缺氧，他的脑子坏掉了？

"我们来梳理一下手头的信息。"创也调整好呼吸，又变回了平常那个冷静的大侦探，"'猫'想要捉住我们。"

嗯，我也这么觉得，刚才他确实想伸手捉住我们。但是……

"他为什么要抓我们？"

"现在还不知道。"

"什么啊，原来你也不知道啊。"

听到我的话，创也狠狠地瞪了我一眼。（即使在黑暗中也能感受到他的目光，你们可以想象一下有多吓人。）

"我刚才说的是，'梳理一下手头的信息'。"

好吧，好吧，我闭嘴。

创也继续说道："另外，此人一定不是龙王商场的员工。"

我估计也不是。不然，他怎么会和警卫打起来？我保持沉默，等待创也接着分析。

"就这么多。"

"……"

只有这些啊？

"你有什么不满的？"创也的话语里充满了杀气。我用力地摇着脑袋。

那接下来就是我的提问时间喽。

"如果'猫'就是栗井荣太的话，我们该怎么办？"

"我不想考虑这个问题。"创也不耐烦地说，"我很怕那个人。刚才他伸手的时候，我感受到了切身的危险。如果'猫'就是栗井荣太，我肯定无法和他好好交流。"

确实，我也有同样的感受。

"我只希望栗井荣太在七层那一行人中。"

嗯，这也是我希望的。

创也站了起来，低头看着我扶了扶眼镜："我负责分析情况，剩下的就交给你了。"

啊？

忽然，楼梯间传来细微的脚步声，我和创也同时用手捂住了对方的嘴。

这个脚步声不是警卫的，警卫走路不会如此小心，而且脚步声更柔和。这个类似金属碰撞声的脚步声是……

"猫"！

"猫"顺着楼梯缓缓向上走，像在仔细倾听每层楼里的动静。直到脚步声逐渐远去，我们才敢大口呼吸。

"总之，我们俩既不能被'猫'捉到，又不能被警卫发现。"创也说道。

"为什么？若是被警卫发现，道个歉不就可以了吗？何况你是龙王家的人，肯定会没事的。"

"我不喜欢这样！"创也非常激动地说道。

我有点儿惊讶。情绪如此激动的创也，我还是第一次见。

"我不喜欢这样……"创也重复了一遍，接着便陷入了沉默。

我明白了。创也和我这样的普通人不同，他无论走到哪里，都会收获周遭各种各样的目光。成绩拔尖、眉清目秀、名门之后……创也并不喜欢外界给他贴的这些标签。

你就是你，不要在意别人说什么——这种安慰也只是站着说话不腰疼。好，为了不暴露创也的身份，那我只好大显身手了。

我郑重地点了点头："只要不被抓到就行了吧？好，我会想办法的。那分析情况和制订作战计划的工作，就拜托你了。"

"收到。"创也笑着说。

第八章
星期日 01:27 六层→七层→八层

"来做个计划吧。"创也说,"首先,我们的目标是找到那个神秘团体,收集与栗井荣太相关的线索。"

我沉默着点了点头。

"'神秘团体'这个名字没有指向性,不如给他们起一个代号,就叫'神出鬼没的深夜派对'吧?"

这个代号,我实在不能苟同。

"能不能换个更高级、更帅气的名字?"

创也满脸不悦地回敬我:"那你觉得什么名字好?"

他问得这么突然,我一时间答不上来。

稍加思考后,我说:"叫'绝密协会',怎么样?"

这个代号被创也用冷酷无情的眼神否决了。

"神出鬼没的深夜派对,简称'神鬼派',已经上了七层,所以我们应该去七层找他们。"

还要简称?那干脆取一个简短点儿的代号不就好了吗?我心里这么想,但没敢说出来,毕竟现在可不是斗嘴的时候。

我平静地点了点头。

"还有一件事必须小心，我们绝不能被'猫'或者警卫抓到。"创也继续说。

是的，我们俩偷偷留在关门的商场里，一旦被人发现，肯定没有什么好下场。

"所以我们需要一边躲避'猫'和警卫的追捕，一边查清神鬼派的真实身份，并且找到栗井荣太。时间紧，任务重。"创也说这些话时的表情十分认真。

"情况有你说的这么严峻吗？"我语调轻松地问，"要是情况不妙，就立刻放弃任务，从紧急出口逃走不就好了吗？"

我的话音刚落，创也就斩钉截铁地说道："走不了的。"

"为什么？这类建筑的紧急出口虽然从外面打不开，但是从里面是能轻松打开的。你也知道的吧？"

"走不了的。"

"紧急出口又不会上锁。"

"所以我才说走不了。"

"为什么？"

"紧急出口的门确实能打开，但门上有红外线警报装置，门被打开的瞬间，安保公司马上就会收到通知。我们根本来不及跑远，就会被一网打尽。"

听到这儿，我叹了口气。

"那创也，你准备怎么逃出去呢？"

创也目光悠远，缓缓开口道："这么说来，我并没有提前想好逃走的方法。"

"什么?！"

"该如何进入关门后的商场，我想了很多办法，比如准备助眠药让你睡过去之类的。但是，我唯独没想好事成以后该怎么逃跑。"

听到这些，我又长叹了一口气——比刚才那口气还要长。

"之前我们进下水道的时候，你也没想好该怎么出去。"

创也点了点头，然后自信地说道："有一就有二，有二就有三。下次我一定注意。"

"……"

创也根本不是在反省，他绝对还会犯同样的错误。这个家伙真的是我们学校有史以来绝无仅有的天才吗？我突然感到肩膀好沉重。

创也漫不经心地说："没关系啊，反正我有个像哆啦A梦一样万能的伙伴，不管遇到什么绝境，他都能让我们顺利脱险。别担心，危急时刻，你就把任意门拿出来。"

这位创也同学，我可没有四次元口袋……

创也自顾自地结束了对话："好了，我们去调查神鬼派的真面目吧！"

唉，肩膀真的好沉重。

借着应急灯的光，我们爬上楼梯，朝七层前进。这里的休息平台上放着许多装满了商品的纸箱，它们堆成了一座座小山。先前经过的楼梯间也是一样，堆着许多杂物，这难道不违反消防规定吗？

站在休息平台向上看去，可以看到七层的灯光。黑暗中的光芒让人感到安心，我和创也继续蹑手蹑脚地向上爬。

这时，我们看到前方的楼梯上有一个被放倒的红色灭火器。

"好险。"

创也伸手想要挪开它，我立刻按住了他。

"怎么了？"创也不解地问。

我看了看灭火器的四周。

"一般情况下，人们看到灭火器倒在地上，都会想把它挪开。"

"当然，摆在路上也太危险了。"

我谨慎地伸出手，慢慢靠近灭火器。

"警卫明明每两个小时就会巡逻一次，这个灭火器却倒在这里没有被拿开，你不觉得奇怪吗？"

我在手似乎碰到什么东西时停了下来。果然，指尖处好像有东西在闪着光。

是线。细细的钓鱼线一头连接着灭火器，另一头延伸出去。我顺着线的方向看去，发现钓鱼线穿过楼梯的扶手拐了个弯，然后伸向了天花板。仔细一看，天花板上隐约有一张网，像蜘蛛网似的挂在那里。

这张网……我好像在哪儿见过。没错，是在一层中庭，之前上面还挂着星星和月亮的装饰。

这张网现在被人用胶带固定在楼梯间的顶部，上面还有另一根钓鱼线。这根钓鱼线向斜下方延伸下去，末端绑在另一个灭火器上。

原来如此……这是一个陷阱：如果有人挪开了灭火器，头顶上的网就会立刻掉下来，罩住下面的人。

"真是个不错的陷阱。"创也说。

我想起奶奶曾经教我如何布置抓野兔的陷阱。

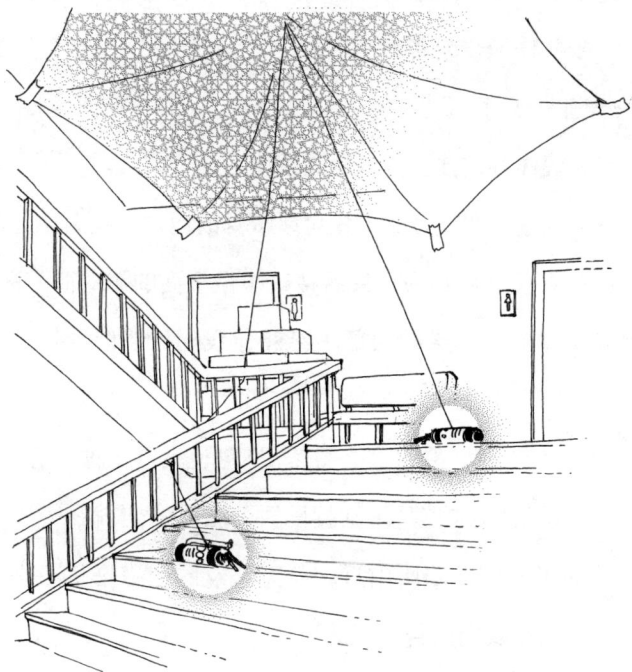

当时奶奶对我说："陷阱有两种，捕杀陷阱和活捉陷阱。"

我边听边点头。

"捕杀猎物的陷阱很简单，但想要活捉就会比较麻烦。"

"为什么呢？"

"猎物掉进陷阱以后，如果一直没人管，它就会非常痛苦。所以布下活捉陷阱以后，你需要守在旁边……"

现在不是慢悠悠地回忆过去的时候，我赶紧抓起创也的手，三步并作两步朝着八楼跑去。

"发生什么了？"

我无暇作答，拽着创也越跑越快。

一到八楼，我便开始寻找可以藏身的地方。我们穿过美食城，朝着玩具店跑去，最后钻进了最里面的派对商品区。正好角落里有一个装垃圾的大纸箱，我便拉着创也躲在箱子背后，蹲了下来。

"发生什么了，跑得这么突然？"创也大口喘着气问。

我开始解释："那是个活捉陷阱，猎人一定就在旁边守着。他如果不守在陷阱附近，就无法及时把猎物从陷阱里放出来。这是我奶奶告诉我的道理。"

"这么说来，刚才的陷阱……"

我点了点头："是的，也许'猫'就在那附近。"

创也的冷汗顺着脸颊流了下来。

"'猫'听到我们的脚步声，一定知道我们跑到八层来了，也许很快就会追过来……"

我的冷汗也顺着脸颊流了下来。

"那'猫'在七层附近做什么呢？"我问创也。

"这个嘛……虽然只是我的推测……"创也简单铺垫了两句，便开始了他的推理，"我觉得'猫'也在调查神鬼派的事情。他如果没有别的任务，何必设什么陷阱，直接在楼梯间等我们两个自投罗网不是更快吗？"

原来如此。

"就在'猫'离开楼梯间去调查神鬼派的时候，我们两个刚好经过那儿……"

嗯，关于"猫"，总算是有点儿眉目了。

他不是龙王商场的员工，正在调查神鬼派，而且并不打算加害于我们——这个是我猜的，否则他完全可以设下更加危险的陷阱。

即便如此，一想到那个身影，我还是毛骨悚然。但是，与其躲在这里瑟瑟发抖，不如想点儿办法。

这时，创也站起身，走向放在走廊角落里的一株盆栽。他搬起花盆，毫不犹豫地朝着楼梯间跑去。嗯……他是要做什么呢？

很快，创也空着手回来了。

"你干吗去了？"我问他。

"答案稍后揭晓。为了迎击'猫'，我们先来做些准备吧。"

创也说着放下了书包。

确实，尽快行动才是重中之重。

我看了看眼前的纸箱，说："创也，你用手电筒照一照里面。"

"你想做什么？"

我没有回答，借着光确认了一下纸箱内部。纸箱里乱糟糟的，都是促销活动结束后就被当成垃圾的东西。我决定从中挑选一些能派上用场的：五颜六色的装饰彩条、带假鼻子的变装眼镜、纸质三角帽、彩花拉炮里喷出的细纸带、变声喷雾——瓶里只剩了一点儿。

我把这些东西一个接一个地塞进创也的书包。

"这个包是要我背吗？"创也看上去有些不满。

我自言自语道："不巧，我根本没有做准备的时间，既没有背包，又不知道自己为什么会在这里。何况，我还被你下了'毒'……"

"刚好我最近有点儿缺乏运动，行李重一点儿就当锻炼了。"创也利索地背上了包。

好样的，真是个乖孩子。

我把装饰彩条收集起来，想做成一根绳子。

"不用那么麻烦，这里不是有绳子吗？"创也从一家运动用品店拿来一根跳绳，"这里可是商场，什么都有，用现成的不就好了吗？"

我愣了一会儿，说："可是我身上只有一点儿零钱。更何况现在收银台也关了，再好的东西也买不到了啊。"

"现在情况紧急，钱就算了吧。"创也把绳子递给我。

我没有接。

"创也，你之前不是说过'龙王集团是龙王集团，和我没关系'吗？"我看着创也的眼睛说道，"可你现在想不付钱就拿走商品，这种行为难道不是在说'我是龙王家的人，所以拿点儿这里的东西也没关系'吗？"

"……"

"好吧，也许这件事轮不到我来说三道四……"我没有停手，继续用装饰彩条制作绳子，"可龙王创也的自尊去哪儿了呢？"

"……"

创也若有所思地看着手中的跳绳。过了半晌，他默默地将跳绳送了回去，再回来时，手里抱着许多像蛋一样的东西。

"你手里拿的什么？"

听到我的问题，创也得意地说道："是扭蛋的空壳。玩具店里有扭蛋机，旁边的垃圾箱里有很多扭蛋壳。我想你也许能用得上，就捡回来了。"

"嗯……用得上……可是该怎么用呢？"

创也有些害羞地冲我一笑："嘿嘿，这个问题嘛……就交给你了。"

原来如此……我也不禁笑了出来。好吧，为了不让你失望，我只好努力一把了！

创也来到我旁边，和我一起制作绳子。他钦佩地说道：

"话说回来，你还真是临危不惧呢！难道你并不觉得现在的状况很绝望？"

实话实说，虽然我觉得"猫"很可怕，但现在的状况还远远不到绝望的地步。

奶奶曾经对我说过："人生没有什么时候是必须绝望的，除非遇见大怪兽或者小行星撞地球。"

"准备迎接'猫'吧。"创也说这句话时，声音很从容。也许他也意识到了，再怎么唉声叹气也于事无补。

我拿起刚做好的一大捆绳子，说："创也，你去楼梯上做些陷阱。我去让电梯停下来。"

创也眨了下眼睛，表示"收到"。

第十章
星期日 02:08 八层→七层

直梯停运，扶梯和部分楼梯也设好了陷阱，现在只有北区的楼梯是安全的。

"刚才看到那个灭火器陷阱后，我想到了一点，"创也开始分析现状，"'猫'有能力布置陷阱。我们必须基于此点，推测他的行动。"

创也总是喜欢把简单的事情说得很复杂。算了，就先让他说着吧。

"如果这只'猫'看到楼梯上放着一株盆栽，你觉得他会怎么想？他肯定会觉得这是一个陷阱，就算那真的只是盆普通的植物。"

原来创也把盆栽搬到楼梯那里是这个用意。的确，这个"陷阱"不必做任何复杂的设计，一株盆栽就够了。

"他会认为不必冒险走可疑的楼梯，只要寻找安全的楼梯就行了……"

然而唯一没有设任何陷阱的，就只剩下我们所在的这处楼梯了。

"'猫'想上八层，必然会经过这里。"创也断言道。

他的话音刚落，不远处就传来了嗒嗒的脚步声。这金属摩擦地面的声音，是"猫"发出的没错。

嗒……嗒……

"猫"一阶一阶地走了上来。

嗒……嗒……

脚步声逐渐逼近。

然后……

"猫"缓缓地路过了我们，继续向上走。

嗒……嗒……

脚步声越来越小，我们估计他已经抵达了八层。

"就是现在！"我和创也立刻取下套在身上的纸箱，迅速而无声地沿着楼梯向下跑去。

虽然每个纸箱不大，但只要把多个纸箱连接起来就能藏身，并且从外面看不出任何异常。

"'猫'一定不知道我们从八层下来了。"创也说，"他现在肯定在空无一人的八层找我们呢。这场躲猫猫游戏，我们赢定了！"

我们来到七层。这里灯火通明，我和创也悄悄地向着活动中心前进。

漆黑的商场确实叫人害怕，但灯光大亮却空无一人的店铺更令人感到毛骨悚然。我们仿佛不小心掉进了末日到来之后的世界。

来到活动中心门口，我们把耳朵贴在折叠门上屏息倾听，里面果然传来了细微的动静。嗯，神鬼派绝对就在这里。

我和创也对视一眼，一起透过门的缝隙朝里面看。

嗯？

我挪开脸，和创也面面相觑，然后再一次凑到缝隙边仔细看了看，还是之前看到的景象。

我问创也："我……是在做梦吗？"

创也用力捏了一下我的脸颊。好痛啊！

"好、好、好，这不是梦！"

门内的景象其实很平常：墙上挂着很多幅画，场内立着三座雕像，神鬼派一行人正穿梭其中，专注地欣赏着这些艺术品，看上去就像一群普通的游客在参观美术馆。但是出现在万籁俱寂的深夜，又是在闭店后的商场，这景象反倒像我做的一场梦了。

我还以为能看到什么更神奇的景象呢，比如戴着黑色头巾的人们正在举行诡异的仪式，抑或企图称霸世界的邪恶组织正在召开神秘的作战会议……和这些想象相比，眼前的景象平常得都有些乏味了。

　　也许这些画非常吸引人？我将视线转移到画上……

　　看不懂！跳芭蕾舞的女孩，悬浮在空中的巨大岩石，以及一枝插在花瓶中的玫瑰……这些画究竟哪里好了？雕像也很无趣：一只举着苹果的手，两头抱在一起的大象……搞不懂，神鬼派何必为这些东西如此大费周章？

"那个人我认识。"创也小声说，"就是那个抹了发蜡，穿着深蓝色西装的高个子男人。虽然不知道他叫什么，但我知道他是这家商场的店长。"

我看向创也说的那个人，他站在所有人的最后。

"栗井荣太在这里吗？"我问。

创也没有作答，只是继续盯着神鬼派一行人。我也望了过去，这是年龄、性别、体形都各不相同的一群人。但是……

创也最终摇了摇头。我也有同感：栗井荣太不在这里。这里没有哪个人身上有那种"传奇游戏制作人"的气质。

唉……

我长叹一口气。看来，我们的目标——找到栗井荣太——落空了。

"来梳理下情况吧。"创也扶了扶眼镜框说，"这里是打烊后的商场，我们必须同时避开警卫和'猫'的追捕。出口有红外线警报装置，不能直接开门逃出去。如果被人抓住，这场'游戏'就算失败了，我们还得承担非法潜入商场的法律责任。"

听完创也的分析，我只剩叹气的份儿了。

"那我们该怎么逃出去？"

创也用沉默回答了我。我又叹了口气，真是服了这个冲动的家伙……

"总之，我们先回一层吧。"创也说。

"回一层就能有办法了？"我问。

创也耸了耸肩。

"这种时候是不是该说一句'尽人事，挺甜蜜'？"

听到这话，我已经连唉声叹气的力气都没有了，只能默默地朝楼梯间走去。

第十一章
星期日 02：33 七层→一层

"对了，等一下。"说着，我转身看向北区的楼梯。

"怎么了？"创也问道。

"'猫'的陷阱还摆在那里呢。灭火器就那么横在楼梯上太危险了，回一层的路上，我们顺便收拾了吧。"

创也看着我，眼中充满了钦佩："没想到你这么细心。"

"奶奶常对我说，做事要善始善终。"我有些得意。

可是，我们来到楼梯间后，发现灭火器和网已经被人清理了。会是谁呢？

创也看了一眼手表："警卫凌晨两点会巡视一次。估计是'猫'在两点之前清理掉的。"

这个"猫"也很细心啊，我不禁有点儿佩服他了。

创也用手扶着下巴，陷入了思考："难怪刚才'猫'过了那么久才上八层。"

我点了点头。

"我之前还觉得奇怪。但如果'猫'是因为清理陷阱才花了些时间的话，那就能说得通了。"创也自言自语道。

为了不打断他的思路，我决定保持沉默。

"'猫'为什么要清理陷阱呢？只是因为做事细心吗？有这种可能，但可能性几乎为零。"

我的想法还没说出口，就被创也自问自答否定了。

"'猫'采取这个举动恐怕是出于他的身份。放任陷阱留在原地会给商场带来麻烦，所以他才清理掉了……"

"这不对吧？"我反驳道，"之前看到'猫'和警卫打起来的时候，你不是说'猫'不是商场的员工吗？"

"之前的结论没有错。'猫'不是商场的员工，但也不想对商场不利……"创也继续思考。

看他这么苦恼，我决定帮帮他："有没有可能，'猫'也有个很严厉的外婆？"

创也无视我的独到见解。

不是商场的员工，却不想给商场添麻烦……我们思索着这个自相矛盾的结论，走下楼梯。

走到三层时，我们发现警卫一动不动地躺在地上，便赶紧上前检查了一下他的呼吸和脉搏。两者都没有异常，看来他是被"猫"放倒了。我和创也捡起附近的纸箱板给警卫盖上了，毕竟这样睡在地上很容易感冒。

我们抵达了漆黑的一层大厅，朝着紧急出口走去。写有"紧急出口"的指示灯亮着，灯下方是一扇绿色的门。明明只要轻轻推一下就能打开门出去了，可惜……

我望向门旁的一根柱子，上面每隔二十厘米左右就有一个小孔——这就是红外线警报装置。只要我们推开门，这个装置就会探测到我们并立刻报警。

"怎么办？"我问创也。

"我们去警卫室吧，看看能不能关闭警报装置。那儿应该有专门管理防盗系统的电脑。"创也从容不迫地说。他看上去没有我那么焦虑。

"你会操作？"

"可以试试。"

这种时候，创也显得格外可靠。

商场引导牌上没有标注警卫室的位置，创也却毫不犹豫地朝一个方向走去，好像早就知道警卫室在哪里一样。

"警卫室或者工作人员的办公室一般都在洗手间旁边。"

"你是怎么知道的？"

"之前外婆告诉我的。"创也平静地说。

原来如此……就算创也再怎么抗拒，他始终是龙王集团的继承人，学校里不会教的很多知识对他来说都是必修课。我终于明白创也为什么这么博学了。

在通向洗手间的那条走廊深处，有一扇贴着"非工作人员禁止入内"标牌的门。创也推开门，里面是一条既狭窄又空荡的走廊，通向商场办公室和警卫室。

创也把手放在警卫室的门把手上，想把门打开，我赶忙按住了他。

"创也，你在想什么！"我小声呵斥道，"说不定里面还有别的警卫呢！"

创也这才一副恍然大悟的样子，拿开了手。

又来了……现在创也的脑袋里一定全是该怎么关闭红外线警报装置的事，根本没有余力想别的。

我从他的书包里掏出保温杯，将杯口贴在警卫室的门上，又把耳朵贴在了杯底。

"……"

里面很安静，没有人声，也听不到任何动静。

我这才小心翼翼地转动警卫室的门把手，门内的光顺着门缝缓缓洒进黑暗的走廊。

警卫室不大，没有窗户，还堆着各种机器——显得这个房间格外狭小拥挤。我们正前方的墙壁上挂着许多块监控显示屏，横着有七排，竖着有五列。

房间里还有一张桌子和三把椅子，一名警卫趴在桌子上，好像睡着了。

"太好了，警卫在打瞌睡。"

听到我的话，创也摇了摇头。他指向警卫的脖子，那儿有一处瘀青。

"他是晕过去了。一掌就能让对方睡过去，看来这个人功夫了得。"

"是'猫'干的吗？"

"有可能。"创也平静地说，"如果他醒了，你就给他喝这个。"

说着，他把保温杯递给我。如果我没记错，里面装的应该是加了助眠药的红茶……

创也坐到一台电脑前，观察了屏幕几秒钟后，便把手伸向了键盘。

为了不干扰他，我默默地打量着这个房间。我看到墙上挂着一块白板，上面写着本月工作安排，比如"四层大甩

卖""六层盘点""检查消防设备"等，写得很详细。

突然，这些字眼中的某一处引起了我的注意。今天的日期——不，已经过了 0 点，所以应该是昨天的日期——旁边画着一颗小小的栗子，并写着"24：30—27：30"。

这是……

忽然，我身后的创也嘀咕了一句："还是不行……"

我转过身，视线越过创也的肩膀望向电脑屏幕。

"防盗系统的程序被改写了。这段代码很特殊。"

什么意思？我听不懂。

"这种防盗系统一般都是由安保公司来管理的。但是，这个系统被改写过，控制权在商场手里。想要关闭红外警报装置……"创也按下"Enter"键，屏幕上出现了一个白色的长方形，"必须输入密码。"

白色的长方形不断闪烁着，仿佛在嘲笑我们。

"你不知道密码吗？"

"不知道。"创也淡然地说，"想瞎蒙也可以，但输错的话，恐怕不会有什么好结果。"

这么说来，就像银行卡密码，如果连续输错几次，账户就会被锁定……

"这家商场的店长不就在七层吗？他一定知道密码，我们去问问他怎么样？"

"呃……你在开玩笑吧？"

"是开玩笑。"

创也的眼神很吓人，我赶紧把他领到白板前。

"创也，你看这个。"我用手指着白板上的栗子和旁边的"24：30—27：30"，"这个栗子指的就是神鬼派吧？"

创也看了眼手表："神鬼派的确是 0 点 30 分左右来的，看来这个'27：30'应该指的是结束时间。"

"现在几点了？"

"凌晨 3 点 06 分。"

也就是"27：06"了。

"神鬼派也需要离开商场，他们走的时候，警报装置肯定会被关闭。再次开启警报装置还需要输入一次密码，所以中间一定会产生空当。我们可以抓住这个机会跑出去！"

听了我的分析和建议，创也竖起了大拇指。

好，这样怎么逃跑的问题就解决了。

"剩下的就只有小心卓也先生了。"

我很疑惑："卓也先生？为什么突然提到他？"

"卓也先生就是'猫'。"

"……"

虽然脑海中浮现出"'猫'＝卓也先生"的等式，但我还是想不通。

创也解释道："不是商场的员工，却不想给商场添麻烦，符合这个条件的人会是谁？"

"猫"打倒了警卫，独自调查神鬼派，所以他并不是商场的人。但是，他又清理了自己设下的陷阱，避免给商场添麻烦。为什么？

"卓也先生符合这个条件吗？"

创也点了点头："卓也先生并不是龙王商场的员工。但作为龙王集团的一员，他也不想给商场带来麻烦。"

原来如此……

"而且，之前你也提到过，播放栗子广告的那天，卓也先生不在城堡楼下。回想起来，每次栗子广告播出的晚上，卓也先生都不在。"

也就是说，卓也先生是来了这里……

我开始思考，如果"猫"真的是卓也先生，那他想一掌将警卫打晕，简直轻而易举。

我们第一次碰到"猫"的时候，他就要伸手来抓我和创也。那时不知为什么，我分外恐惧。如果"猫"是卓也先生的话就说得通了，他可是能够单挑一群电视台保安的人。

"那么，这只'猫'——我是说卓也先生，他深夜在商场做什么呢？"

创也坏笑起来："谁知道呢！如果你想知道，不如直接去问一问他本人。"

"……"

我可没有赤手空拳进狮笼的胆量。

"总之，我们既然已经知道'猫'是卓也先生了，那就更不能被他捉住了。一着不慎……"创也吞了一下口水，"游戏失败的后果不堪设想。"

我点了点头。

都说人会害怕未知的事物，我们现在已经知道了"猫"的身份，却更加恐惧了。

唉……

第十二章
星期日 03：21 一层

　　我和创也来到一层的中庭附近，躲在休息区旁的一根柱子后面。站在这里既能看到电梯，也能看到员工通道，旁边还有公用电话（虽然可能用不到）。

　　"凌晨3点半，神鬼派就会下楼。那时，店长会关闭红外线警报装置，让他们从员工通道离开商场。在店长再次启动警报装置之前，我们就抓紧时间从紧急出口离开。嗯，这个计划非常完美。"

　　趁创也发表长篇大论的时候，我在一旁忙活起来。

　　"你在干什么？"

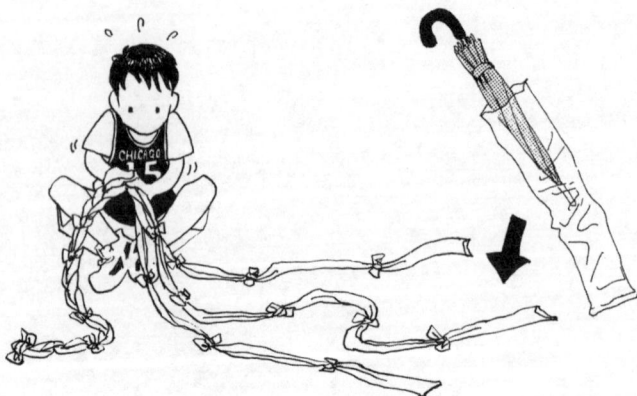

听创也这么问，我便将手里做到一半的塑料绳拿给他看。刚才我把商场入口处的雨伞套都拿了过来，正将它们编成绳子。

"为什么要做这个？"创也有些不解。

"有备无患啊！"我懒得多做解释。

我们俩现在的处境其实不算坏，只要能在警报装置关闭的瞬间逃出去就行了。但不知为何，我总有一种不祥的预感。

这时，电梯的指示屏亮起，上面的楼层数字开始跳动，从8变成7，从7变成6……电梯缓缓下行。

这部电梯竟然没有在七层停留，而是直接下来了。

这难道……

"是'猫'！"

我和创也猛地站起来，朝着楼梯间飞奔，刚才做好的绳子当然也不能落下。

我们跑上楼梯，一口气来到了三层。

我们从中庭向一层望去，果然看到"猫"走出了电梯。为了避免被发现，我们趴在地板上。

"猫"环顾四周，和刚才的我们一样选择藏在那根柱子后。昏暗中看得不太真切，但这健壮的体格是卓也先生没错。

他已经完全进入了工作模式，即便离我们很远，他身上散发出的阵阵杀气还是穿透了黑暗，令我们不寒而栗。

原来这就是认真工作的卓也先生……

我和创也继续默契地称呼他为"猫"，好像只有这样才能缓解我们内心的恐惧。（想笑就笑吧，我们就是在逃避现实啦！）

"猫"立在黑暗中，一动不动。

"他在干什么？"我问。

"很简单，他在守株待兔呢。'猫'知道我们肯定会回一层，所以什么都不用做，等着就好了。"

原来如此。

"那我们能从其他楼层的紧急出口逃走吗？"

创也摇了摇头："不能。刚才在警卫室，我已经查过了，要关闭红外线警报装置就只能去一层的出口。卓也先生——不，'猫'也知道这件事，所以才在一层守着。"

也就是说，我们两个注定要交待在这儿了。完蛋了……

"创也，现在几点了？"

"凌晨3点25分。还有5分钟，神鬼派就该下来了。"

没有时间了……我急得直咬指甲。

"创也，你能把'猫'引到这儿来吗？"

最简单的办法就是大喊一声，但可能会把晕倒在三层的警卫也喊醒。

"如果只是把'猫'叫过来的话，小菜一碟。"创也气定神闲地说，"打个电话就可以了。"说着，他从背包里拿出了手机。

我问他："你是要给卓也先生打电话吗？"

"你觉得我有这个胆子吗？我是要打给那台电话。"创也用手指了指卓也先生身旁的公用电话。

他为什么会知道那台公用电话的号码？这种号码一般是不会公布的吧？

"警卫室里贴着呢。商场里所有公用电话的号码都在那张表上。"

"你……把它们全背下来了？"

"比起班级通信录，背这个要简单多了。"

说这话时，创也没有表现出任何得意的样子。这个家伙真是厉害。

"把'猫'叫到这里来，然后呢？"创也问我。

这时，电梯处传来机器运转的声音。电梯停在了七层，看来神鬼派一行人就要下来了。

我马上对创也说："没时间解释了，你快打电话！"

创也正要按下手机按键……

"等一下！"我从创也的书包里掏出变声喷雾，让他吸了一口。

"为森（什）么让我用戒（这）个？"创也的声音立刻变得像鸭子一样。我也张开嘴吸了一口。

"因为佐（卓）也……呃……我四嗦（是说）'猫'，听到森（声）音就会认粗（出）我们！"

接着，我们戴上带假鼻子的变装眼镜，靠在中庭的栏杆旁边。

一切就绪后，创也按下了手机按键。

丁零零，丁零零……

一层的公用电话铃声大作，"猫"显然吓了一跳。他先环顾四周，然后才谨慎地接起电话。

"猫先森（生），来抓我呀……"创也对着手机说。

"猫"手握听筒，缓缓扫视四周。突然，他抬头看向我们这边。

黑暗中，我看不清他的表情，但他好像是在笑，那笑容令人心里发慌。

这时，电梯楼层指示屏上的数字开始变化了：7、6、5……

"猫"放下听筒，跑向附近的扶梯。

"戒（这）样做，就阔（可）以了吗？"创也小声问我。

我对创也默默竖起了大拇指。现在就只须等待了。

电梯停在了一层，轿厢门缓缓打开，神鬼派一行人从里面走了出来，一层的照明灯随之亮起。与此同时，"猫"来到了三层。

接下来，就看时机了！

"猫"站在黑暗中，我和创也则背靠着中庭的栏杆。

"窜（创）也，你往左边挪挪……"我用公鸭嗓小声对创也说。

一层传来了神鬼派一行人的脚步声。

"蓝（然）后呢？"创也说。

"猫"向我们逼近一步。

我回答创也："跳下去。"

"我就资（知）道。"创也叹了一口气，说道。

我提前将雨伞套做成的绳子的一端绑在了栏杆上，并将绳子在我和创也的身上缠了几圈。我面朝"猫"，双手抓紧绳子的另一端，竖起耳朵听楼下的动静。

"诸位一路顺风。"

是店长的声音。紧接着，员工出入口的门开了。看来，红外线警报装置关闭了。

"猫"又走近了一步。接着，店长的脚步声朝着警卫室的方向远去了。

就是现在！

我和创也越过栏杆，跳了下去。身上的绳子飞速伸展开，我们俩像陀螺一样旋转着向下坠落。绳子越放越长，完全绷直的那个瞬间，我的手腕被震得发麻。

临时做的绳子长度不够，我们没能完全落到一层的地面上，而是悬在了离地差不多还有 5 米高的半空中。我双手紧紧抓住绳子，创也则搂着我的脖子，挂在我身上。

"戒（这）个高度可以了，跳吧！"我双手松开了绳子。

咚！咚！啪……！

伴着两声闷响和一些气球爆裂的声音，我们双双摔进了放在一层中庭的纸箱里，五颜六色的气球从纸箱中飞出。我和创也不敢有丝毫耽搁，赶紧爬出纸箱，侧耳去听警卫室方向的动静。还好，店长似乎没有注意到我们这边的声音。

我和创也立刻朝着紧急出口跑去，希望红外线警报装置还关着。

没时间确认了，现在不是犹豫的时候！

我们像冲刺的游泳运动员一样伸出手，推开门，感受到深夜的冷空气灌进胸腔。我们沿着狭窄的小巷向前奔跑，跑了一段后拐到了大马路上。

附近没有安保公司人员的身影。回头望去，商场里也没有人追出来。

"游戏终于结束了。"我的声音也终于恢复了。

"是通关了。"创也笑着说。

我伸了一个大大的懒腰，看了眼创也的手表："始发车还要好久才能来。"

创也同样伸了一个大大的懒腰："那……我们要跑回城堡吗？"

宅男创也竟然会说出这句话，还真是稀奇。

"也好……"我抬头看了看夜空，明月高悬，仿佛在说夜晚还长着呢，"跑3个小时能到吗？"

不过，我现在确实想跑一跑。我扭扭腰，简单热了个身。

"走吗？"

创也点了点头。

"预备，出发！"

我们俩在黎明来临前的城市里奔跑起来，脚步声回荡在雨后的夜空，两个人的身影在月光下被无限拉长。

第十三章
星期三 15：24 城堡

回到城堡，我和创也不约而同地睡了过去。等想起"周一要考试"这件事时，我已经从城堡回到家，吃完饭，洗完澡，钻进被子里了。

唉……

我只好又拖着疲惫的身体从被窝里钻出来，睡眼惺忪地翻开课本。我努力记诵，想将所有知识一股脑儿塞进脑袋里。

是的，要努力！人生最重要的就是努力！这是真理。多亏我挺住睡意，努力坚持学习，才终于在这次考试中超过了创也。人只要努力，就一定会成功！努力能够战胜一切！

梦里真美好……

你们可千万别嘲笑我只会做黄粱美梦。当我意识到这是梦的时候，你们知道我有多恐慌吗？我到底是什么时候睡着的……

我究竟是怎么度过考试那三天的，就任君想象吧。总之，答完最后一题的时候，我已经耗尽了所有力气，整个人燃烧殆尽，几乎成了一堆白灰。

一堆"白灰"向着城堡走去。今天不用上补习班，我想用一杯好喝的红茶来抚慰自己疲惫的身心。

和往常一样，卓也先生的车停在马路边。我停下脚步，看到卓也先生从杂志中抬起头来，于是朝他点点头便拐进了小巷。

推开城堡的门，我看到创也正一如既往地摆弄着电脑。

没必要问他"考得怎么样"，他的回答一定是"不要问这种无聊的问题"。

所以，我对着创也的后背问道："你在做什么？"

"……"

创也完全无视了我和我的问题。

我从冰箱里拿出矿泉水，倒进水壶，再把水壶放在煤气炉上。其实我比较想喝创也沏的茶，但他好像挺忙的，所以还是我自己来吧。

善良的我准备了两个杯子，沏好茶后，将其中一杯轻轻地放到创也面前。这时，我瞄到了他的电脑屏幕，上面显示的是一幅画，画上是一个跳芭蕾舞的女孩。

"嗯？这幅画……"

"是的，就是神鬼派在看的那一幅。"创也盯着显示屏说道，"那晚商场里的所有艺术品终于都被我查到了。"

"你说的所有……是全部？"

"据我所知，'所有'就是'全部'的意思。"

创也的冷嘲热讽像针一样刺中了我的心。但那天商场里的艺术品可不止一二十个，他居然全都记住了？

"真亏你查得到啊。这两天不是还有考试吗？"

"是啊，就当换换心情了。"

啊？用考试来转换心情？这个家伙真烦人。

创也拖动鼠标，打开了好几个窗口。

"嗯，这才是真正的通关。"创也端起茶杯，从椅子上起身，坐到了沙发上。我也端着自己的红茶，坐到了他对面。

"谢谢你为我沏茶。"创也喝了一口茶，说道。

创也居然向我道谢？看来他心情不错。他如果每次都能这么真诚，一定能交到更多朋友。

"为了表达谢意，我来给你沏一杯真正可口的红茶吧。"创也端着空杯子站了起来。

我收回自己的话——创也保持了自己的真诚，但肯定换不来友谊。不过，有一说一，创也沏的红茶确实很好喝，比我的手艺强多了。

"你为什么要调查那天晚上的画？"我问。

创也歪了歪头。

"难道你不觉得奇怪吗？为什么深夜的商场里会有艺术展？来看展的神鬼派成员到底是何方神圣？关于那晚，我们只知道'猫'的真实身份是卓也先生而已。"创也喝了一口红茶，"这些疑问一直在我脑中挥之不去。"

"嗯……"

"你不好奇吗？"

我老实地点了点头，但心里的真实想法是：反正我们已经平安回来了，还有什么好纠结的？况且，我们虽然把商场里弄得一团糟，但也没影响第二天的正常营业。我猜是"猫"——卓也先生帮我们善后了。所以我们呢，也不用考虑那么多，每天风平浪静就算万事大吉了！

"感觉你能长命百岁……"创也闭上眼睛，吐出这句话。

这是在夸我吗？算了，不想了。我喝了一口红茶。

创也拿起桌子上一沓打印出来的纸。

"这是什么？"

“这三天我总结出来的调查报告。”

A4大小的纸上挤满了密密麻麻的小字，说真的，刚考完试的我并不想读这个。创也应该是看懂了我的心思，叹了一口气，开始为我口头讲解上面的内容。

“你先看看这些图片。”创也翻到其中有图的几页。

跳芭蕾舞的女孩、悬浮在空中的巨岩、瓶中的玫瑰、举着苹果的手、抱在一起的大象……那晚商场里的艺术品照片都在这里。

“这些艺术品近几年都被盗了。我想办法进入了许多非公开的数据库，浏览了不计其数的信息才查全了……单是查这些，我就费了好多功夫。”创也连连叹气，还时不时偷瞄我的反应。

我尽量感情饱满地奉承道：“创也，你可真是太——厉害了！”

创也鼻孔微张，看起来很是得意。接着，他话锋一转：“你知道‘内购’吗？”

“我知道！不就是武林高手都有的那种东西吗？能将敌人震出好几十米。”

“那是‘内功’。”

可惜，我差一点点就答对了。

创也认真地解释道："我说的是'内购'，也就是专供内部购买的活动。"

专供内部购买……这是什么意思？

"商场为了维系客户，会面向贵客组织特卖会，这就是'内购'。"

贵客……是跟我无缘的一类人。

"那神鬼派就是龙王商场的贵客喽？"

创也点了点头。

"只是，那晚的内购会很特殊——出售的艺术品全是见不得光的失窃品，所以才会在深夜举办。"

"那板栗广告又是怎么回事呢？"

"是暗号，用来告诉神鬼派成员'今晚有秘密内购会'。既然是售卖失窃的东西，那就肯定不能公然打电话或寄信通知。"

这么说来，确实如此。

"那卓也先生也是去调查这件事的吗？"

创也点了点头："秘密内购会召开了这么多次，自然有人议论，说龙王商场参与了被窃艺术品的销赃。哪怕无人议论，龙王集团的高层看到那个板栗广告，也早就起疑了。"

"为什么不交给警察处理呢？"

"很简单，报警就等于把这件丑事公开，龙王集团的形象就会受到影响。所以，高层才会让卓也先生在暗地里调查此事。"

创也放下茶杯，跷起了二郎腿："外婆和母亲听了卓也先生的报告，会采取什么措施呢……我很期待。"

我看着眼前的创也，突然有些伤感。怎么说呢……我感觉眼前的他似乎离我很遥远。

"创也……"为了拉近和他的距离，我想说些什么，但脑中一片空白，什么都说不出来。

"不过，无论龙王集团怎么处理，都跟我没关系就是了。"创也笑了。

我这才松了一口气。现在这个创也才是我熟悉的他——说话难听却聪慧过人，总是一副自命不凡的样子，同时也是我的同班同学，那个初二学生龙王创也。

我喝了口红茶。茶已经凉了，但我的心里暖洋洋的。

说起来，有件事在我心里一直是个疙瘩。

"创也……你说，卓也先生知道那晚商场里的人是我们俩吗？”

　　“他应该不知道。当时商场里那么暗，我们还变了声……”
创也的声音听上去并不自信。

　　“我也这么觉得。商场里太黑，他绝对发现不了。”

　　我这样说着，冷汗却顺着脸颊流了下来。不知为何，城
堡里的空气好像变得凝重了……

后日谈
某时某刻　城堡

"有一件事我不明白……"我问创也，"那个板栗广告和栗井荣太制作的 RPG 有什么关系吗？"

"……"创也没有回答，假装在专心看杂志。

"如果和栗井荣太没关系，那我们那晚的努力都是为了什么？"

"……"创也依旧埋头看杂志。很明显，他在逃避我的眼神。

"我们该不会是白费功夫了吧？"

"总纠结这些细节，你就不能长命百岁了哟。"创也站起来，坐到电脑前。他特意背对着我，说明他这会儿拒绝与我交谈。

我瞥见创也丢下的那本杂志是这个月的《商场经营》。他翻开的那页有一篇题为"龙王商场南 T 店店长意外发现多件失窃艺术品"的报道，里面附着很多眼熟的艺术品照片。

"我也很惊讶，我们的艺术品货源都在国外，没想到竟然都是赃物……考虑到之前售出的艺术品中也可能存在赃物，我们会一一调查，收回货品并为客户退款。"店长接受采访时说道。

原来如此，龙王集团打算彻底与艺术品失窃案撇清关系。我读了一下报道，了解到貌似在不知情的情况下买卖赃物的情况还挺常见的。

这时，我突然冒出了一个疑问：为什么店长会用板栗的广告通知买家呢？难道他对板栗情有独钟？

与此同时，店长照片下面的一行字映入我的眼帘：栗田店长。

哦……

番外篇：
音乐教室里的
棒球赛

"达夫，加油！"场边的同学们大声为达夫打气。

达夫则是一副严肃的神情，再三确认脚边没有障碍物后，摆好架势，准备击球。"来吧，阿明！"

"吃我一记魔球[1]！"投手阿明高抬左腿，用自创的独特姿势投出了第一个球。

砰！伴随着清脆的击打声，球沿直线飞了出去。

"外场手，快回防！"阿明大喊。

外场手洋次紧盯着球，不断后退。但还没等他有所动作，球便砸中了莫扎特的肖像画，砰的一声弹了回来。

"太好啦！全垒打！"达夫如同挥舞真正的棒球棍一般挥动着手中的竖笛。

"可恶！"洋次把球——用透明胶带缠了几圈的纸团——捡起来，狠狠地丢到地板上。

"我的好球居然被他击中了……"阿明扑通跪在地上，巨大的夕阳在他身后缓缓下沉。

---

1 棒球术语，指被投出后路径变幻莫测的球。——编者注

那么，让我来介绍一下现在的情况吧。时间是今天的第五节课，地点是教学楼三层的音乐教室，达夫他们正在打"音乐教室棒球赛"。

说到音乐教室棒球赛，各个学校都有自己的规则。我在这里简单介绍一下我们学校的规则吧。

首先是用具。

棒球手套是不需要的。理由很简单，如果拿着棒球手套进音乐教室，被老师问到的时候不好解释。

棒球棍用中音竖笛代替。竖笛的接缝处要用胶带提前缠起来，防止挥动的时候松开。

棒球是用画纸做的。我们会严格选用从垃圾箱里回收的画纸（因为用新纸太浪费），然后把它团成圆圆的球，再用透明胶带缠上几圈。胶带的使用也有讲究，如果一次性用得太多，就会被老师怀疑，所以我们每天只缠一点点，总耗时一周才制成了这个球。

其次是球场。

音乐教室的后半部分充当球场。这里平时是用来练习合奏与合唱的，所以比较宽敞。

球场上不能画线，毕竟我们不想挨骂，所以一垒和二垒也是不分的。

那分数怎么判定呢？这就要靠教室墙上那些音乐家的肖像画了。这些画挂得很高，都快挨到天花板了。据说这个设计是为了防止学生乱涂乱画。

但是，为什么只有音乐教室里挂着音乐家的肖像画呢？明明美术教室里就没有挂毕加索和达利的照片，科学教室里也没有挂爱因斯坦或霍金的照片。

跑题了。接下来，请看分数表。

> 巴赫：一分全垒打
>
> 亨德尔：二分全垒打
>
> 海顿：三分全垒打
>
> 莫扎特：满垒全垒打
>
> 贝多芬：一垒打
>
> 舒伯特：二垒打
>
> 勃拉姆斯：三垒打
>
> 李斯特：出局
>
> 瓦格纳：出局
>
> 罗西尼：双杀

> 约翰·施特劳斯：双杀
>
> 宫城道雄：三杀（打中额头判输，比赛结束）
>
> 泷廉太郎：三杀（打中眼镜判赢，比赛结束）

也就是说，击中了巴赫的肖像画算一分全垒打，计 1 分，以此类推。如果垒上有人就比较麻烦，在满垒的情况下，即便击中了巴赫的肖像画，也只能算一分全垒打，计 1 分。

如果没有击中肖像画，一律算出局。接球手如果接到了球，就与对方交换位置，换对方打。

每队只有两人，这个参赛人数参考了沙滩排球。

为了趁音乐老师来之前尽可能多打两局，我们精心制订了游戏规则。

达夫与和夫组成了"卢卡斯"队，阿明和洋次的队伍则名为"冠军非我莫属"。

顺便一提，我和创也是"南北"队。但因为创也对棒球没有兴趣，所以我们几乎不怎么参赛。出场少，赢的就更少，队伍排名表上，我和创也永远排在倒数第一。

今天是"卢卡斯"队和"冠军非我莫属"队的第四场对决。最近观赛人数大增，音乐教室棒球赛的热度也越来越高。

"好，继续拿分！"

达夫把球棍——不，把中音竖笛递给了和夫。

来自合唱团的播报员竹本用动听的声音介绍道："2号投手和夫，出场顺序是第13号。"

和夫把中音竖笛举在肩上，蓄势待发。

"'卢卡斯'队，目前已得4分，本轮由和夫击球。"广播部的博司正坐在"转播台"上解说比赛，"这位选手最近的打击率超过了80%，9场比赛中全垒打的数量达到了16次，可以说是非常亮眼的成绩。评论员山本卓先生，"博司转向身边的棒球部成员阿卓，"您觉得和夫本赛季发挥良好的原因是什么？"

"嗯，要说原因的话，"评论员阿卓装模作样地回答道，"或许是他对自己的新发型相当满意吧。"

阿卓的解释和棒球技术没有半点儿关系。

"和夫！好帅！"场外，几个女生欢呼了起来。

和夫高兴地挥挥手回应。

哼，真没出息，不就是有几个粉丝吗？有什么好得意的！

这时，我突然在场外观众中发现了堀越美晴的身影，她也在津津有味地观赏着音乐教室的棒球比赛。

我马上站起来，朝着远离这一片喧闹、坐在座位上的创也走去。

"怎么样，我们'南北'队也是时候上场了吧？"

创也瞥了我一眼："我虽然喜欢棒球，但并不喜欢亲自下场打。"

"……"

"而且，你现在应该是为了赢得女生们的欢呼才想上场的吧？你动机不纯，我不想奉陪。"

我的动机哪里不纯了？初二的男生为了赢得欢呼声而踏上球场，这动机还不够单纯吗？！

之后不管我说什么，创也都装作没听见，我只好悻悻地回到了自己的座位上。

投手阿明终于从上一回合的挫败中缓了过来，大声喊道："我已经发明了一种全新的魔球！这次看你们还能不能接到！"阿明高举右手，展示了一种只用食指和小拇指捏住球的独特握球法。

"哇，下战书了！不愧是被称为'魔球厂厂长'的阿明，这么快就发明了新的魔球！"

"观众朋友们，仅看阿明投手的握球姿势，我们完全无法预测他的球路啊！"

转播员和评论员兴奋地轮番高喊着。

"我要投喽！"

球离开阿明的手，软绵绵地飞了出去，还未到击球手的手边就开始急速下落。但是和夫没有错过这颗球。

砰！

被竖笛擦边削中的球朝着黑板的方向飞去，正中讲桌上的陶瓷茶壶！茶壶随即从讲桌上掉了下来。

"哇——哇——哇——！"洋次反应很快，在茶壶落地前，一个滑垒接住了它，然后用手高举着缓缓地站了起来。我还是第一次见到洋次这么拼命。

"哇！"同学们纷纷鼓掌欢呼。

可就在此时，茶壶突然裂成了4块。全班鸦雀无声，教室里的时间像是被谁按下了暂停键。

"上课了，上课了！学生的任务是好好学习！"广播部的博司先出声喊道，语气和刚刚解说时截然不同。

这句话让一度停止的时间恢复了走动，所有人陆续回到了自己的座位上。同学们都默契地远离了风暴中心，不愿与之扯上关系。

"等……等一下！"

只剩"卢卡斯"队和"冠军非我莫属"队的 4 人还站在原地，不知所措。

被打碎的茶壶是音乐老师的，一直放在讲桌上，据说是他从中国带回来的特产，价格不菲。

"'出风头'还有 6 分钟就要来了……"博司看了眼表，嘟囔了一句。

"出风头"是我们给音乐老师棚桥取的外号。他今年 36 岁，未婚。我们为什么这么叫他呢？理由如下。

首先，这个老师真的很邋遢，不管是办公室的桌子还是音乐教室的讲桌，上面都堆满了他的杂物。桌子下面也放得满满当当的，以至于椅子都收不进去。他自己这么不爱收拾，却经常把"音乐是一门艺术，为了尊重艺术，必须保持音乐教室的整洁"这句话挂在嘴边，让我们做扫除。他就是那种典型的"宽于律己，严以待人"的人。

其次，他非常啰唆，不管和教学有没有关系，他总是喋喋不休。他说这么多通常也不是为了教育我们，纯粹就是爱出风头。尤其是有其他老师和家长来参观课堂的时候，他就更来劲了。为了卖弄自己，他经常冒出一些稀奇古怪的想法，还硬要我们配合他。

之前有一次，音乐课刚开始，他突然放起了一首曲子，说是能安抚情绪。这首曲子能不能安抚情绪我不清楚，反正大家听完以后更烦躁了。于是……

"老师，既然这首曲子这么好，为什么只有今天放了呢？"达夫讽刺地问。

托他的福，自那以后，"出风头"每次课前都要播放那首曲子。（真令人头疼……）

再次，"出风头"还坚信自己是一位热心的好老师，所以他觉得自己所做的一切都是为了学生好。自以为是的同时还这么固执，劝都没法劝……

最后，"出风头"每节课都会迟到。他平时那么邋遢，迟到也很正常，可奇怪的是，他每次又能恰好赶在上课铃响后 11 分钟整的时候进入教室。难不成他其实很守时？

"怎么办才好……"洋次捧着茶壶碎片，欲哭无泪。旁边的达夫、阿明、和夫也急得团团转。

"还有 5 分钟。"博司说。

这时，我突然感到背后有动静。

"亲爱的内人……"不用看就知道，肯定是达夫，他凑到我的耳边，撒娇似的说道，"帮帮我嘛！"

我拿开达夫搭在我肩上的手，屏蔽他肉麻的求助。

"啊！你竟然如此冷血！"达夫立刻翻脸，"那好！那我就把音乐教室棒球赛的事告诉'出风头'！"

"不行！"除了创也，班里其他男生都站了起来。一旦东窗事发，在场的所有男生都逃不掉。

"你看，大家都不同意呢。你就帮帮我们，想办法瞒过'出风头'吧。"达夫露出狡黠的笑容。

真是的，达夫当队友的时候向来不靠谱，威胁我倒是有一套。

我挠了挠头，开始想办法。

"有人带万能胶了吗？"我问，却没有人点头。想想也是，怎么会有人把万能胶带到音乐教室里来呢？

"圭介！"我叫住班里最能吃的圭介。他很容易饿，所以往往上完第二节课就开始吃中午饭，午休就吃小卖部的面包，下午还要加一顿便利店的饭团当点心。

"你应该带着……"

听到我的话，圭介警惕地捂住了校服口袋。原来藏在那儿！我扒开圭介的手，从他的口袋里掏出来一个塑料袋。

果然，里面装着一个饭团。

"内人，你干吗！"

"分我一点儿就行。放心吧，回头达夫他们连本带利买3个还你！"

防止达夫反驳的秘诀是："达夫他们" 4 个字要说得又轻又快。

我需要的是米饭粒，便利店的饭团用的都是偏硬的米，正好符合我的需求。我从饭团中取出一小块，小心翼翼地碾碎，做成了糨糊。

"用这个能粘住陶瓷吗？"都这种时候了，达夫还在多嘴。不管怎样，先想办法把这节课撑过去吧！

"还有 2 分钟······"博司的声音也很焦急。

我在茶壶碎片的边缘涂上糨糊,小心翼翼地将它们粘起来。这个过程不允许有任何失误,哪怕只是多用一分力气,都可能会让碎片受损,前功尽弃。我此刻的心情就好像握着手术刀的新手外科医生。

"来了!"听到博司的提醒,整个音乐教室登时陷入了死寂。没多久,楼道里就传来了吧嗒吧嗒的拖鞋声。

"完成了!"我宣布。

洋次赶忙把恢复了原状的茶壶放回讲桌,然后迅速溜到座位上。几乎在他的屁股挨到椅子的同时,音乐教室的门被推开了。

"怎么回事?今天你们格外安静啊。""出风头"来回打量着我们,我们只能尴尬地笑了笑。

"出风头"总是穿一身西装,打着领带,戴着黑框眼镜,再配上三七分的发型。他来到讲台前,照常打开音乐播放器。

"好,还是老规矩,先听首曲子,治愈一下心灵,再开始今天的课程吧。"

每当"出风头"靠近讲桌上的茶壶,我们就吓得直冒冷汗。教室前方,靠近天花板的地方挂着一个巨大的音响,"出风头"口中的"治愈系音乐"正从那里源源不断地流淌出来。我每次听到这首曲子都十分焦躁，尤其是今天，一想到那个茶壶，我就心绪不宁。

"哎呀，真是放松呢。""出风头"闭上眼睛，身体配合着曲子的节奏摇摆起来。

看着他的身体离讲桌越来越近，我们汗如雨下。

突然，"出风头"的腰撞到了讲桌上。

老天爷，请让时间停止吧！

我拼命地祈祷着，但无济于事。哗啦一声，讲桌上的茶壶碎成了几块。"出风头"看着碎裂的茶壶，惬意的表情瞬间消失了。音乐教室里安静得只剩下"治愈系音乐"的声音。

"只要老实交代，我还是很通情达理的。""出风头"面带笑容扫视着我们，眼里却没有半分笑意，"你们听说过那个故事吗？美国前总统林肯还是个孩子的时候，不小心砍倒了父亲最珍爱的樱桃树。但是，他诚实地向父亲坦白了这件事。"

"……"

我们低头听着，无人接话。其实这个故事的主角并非林肯，而是华盛顿，可没有一个人敢指出这点。（而且，这个故事本身也是编的，创也跟我说过。）

"林肯的故事告诉我们，做人应该诚实。"

呃……但是，这是华盛顿的故事啊！

"出风头"正说得起劲，创也突然站了起来。

"龙王同学，你怎么了？"

"我去一下科学教室。"创也丢下这句话就冲出去了。

科学教室？创也想做什么？

创也的态度过于一本正经，"出风头"甚至找不到阻止他的理由。他只好冷哼一声，又开始说林肯的故事。

啊……好烦。（你们也别怪我嫌烦，那明明就是华盛顿的故事。）

创也很快回来了。他手里抱着两个箱子，每个箱子上都插着一根 U 形铁柱。

"你拿的这是……？"

"是音叉。"

创也说着将其中一个音叉放在讲桌上，又敲了一下还抱在自己手中的音叉。只听清脆的叮声响起，而与此同时，讲桌上的音叉也响了起来。这个共鸣实验，我小学的时候就做过。

"所有物质都有一个固有振动频率。"创也不疾不徐地说着，"刚才我敲了一下手里的音叉，老师面前的音叉也响了。这是因为音叉的振动借由空气传播到了不相邻的、持有相同固有振动频率的另一个音叉上。"

"你当我是傻子吗？""出风头"愤怒地说，"虽然我不是理科生，但是这种常识我还是知道的。"

"您知道就好。"创也拿起了茶壶的碎片，"这个茶壶会碎，也和固有振动频率有关。"

"茶壶发生了共振，所以碎了？""出风头"冷笑道，"伪科学可骗不了老师。你说，这个茶壶是和什么东西发生了共振？"

创也指了指音响："课前播放的那首曲子。那首曲子的低频音波和茶壶的固有振动频率是一致的。"

"……""出风头"沉默了。

创也用手绢将茶壶碎片擦干净，拼在了一起。

"当然，茶壶没有那么脆弱，不会因为一两次共振就碎成这样。但是，您每次课前都会播放这首曲子，当共振的次数累积到一定程度，超出了它的承受极限，"创也用手指轻轻点了一下拼好的茶壶，茶壶立刻重新散成了碎片，"茶

壶就会碎裂。也就是说，弄碎茶壶的是您播放的'治愈系音乐'，而不是我们。"

台下顷刻爆发出欢呼声和鼓掌声。我也想跟大家一起鼓掌，可一看到堀越崇拜的眼神，就不由得放下了手。

"出风头"怒容满面，大吼道："我不相信！一定是你们中的某一个人弄碎的！"

创也长长地叹了一口气，说："这只是您的自以为是罢了。同样出自您的自以为是的，还有那首'治愈系音乐'的安抚情绪的作用。"

"我的'治愈系音乐'又怎么了？为了制作出这首全是低频音的曲子，我还特意请了我的大学同学帮忙！"

创也再次叹气，问道："您觉得低频音对身体好吗？"

"出风头"重重地点了点头："这可是常识。你应该也知道低频治疗仪吧？"

"您错了，低频治疗仪的'低频'指的是电流。就声音而言，高频音可以放松大脑，低频音反而会导致肌肉紧张，对身体有负面影响。"

原来是这样……怪不得我每次听到这首曲子时都会觉得焦躁。

"出风头"看上去比我们更震惊。他脸色铁青,呆立数秒,依旧不死心:"但……但是,我听完觉得挺有效果的……"

"那应该是'自以为是'的效果吧。"创也一针见血。"出风头"再也说不出话来。

这时,下课铃声适时响起,"出风头"默默离开了音乐教室。

"创也!"达夫、和夫揽过创也的脖子,猛拍了他好几下,"谢谢你救了我们!"

创也整理了一下被弄乱的头发,扶了扶眼镜,冷静地说:"我并不是在救你们,毕竟我也被迫参加了音乐教室棒球比赛。"

他说话时,朝我的方向瞪了一眼,我赶紧举起课本挡住了脸。

"你真厉害啊,能这么一本正经地胡说八道。"洋次敬佩地说。

"不是胡说八道,茶壶因为共振受到了损害是事实。当时,茶壶落地前,洋次就接住了它,但茶壶还是碎了,这就是证据。"

"好的,已经不重要了!"达夫拍了拍创也的头,"反正是你救了我们!"

创也面无表情。他是因为被人拍了头，所以不太高兴？不，他肯定是感受到了大家的谢意，在害羞呢。

那天放学后，我去了城堡。我到的时候，创也正弓着背坐在电脑前。

"今天多亏了你。"

"我在学校已经说过了，是因为这件事也牵扯到了我，所以我才插手的。"创也头也没回地说。

我自顾自地沏起了红茶，顺口问道："你在干什么呢？"

"在做模拟实验。当时你用米粒糨糊将茶壶复原，而我用音叉实验说服了棚桥老师。如果是其他玩家，他们会选择什么方法来通关呢？"

这家伙的脑袋里全是制作游戏的事……

"话说回来，遇到今天这种有意思的突发事件时，我还是会觉得，虚拟现实果然还是赢不过真实的世界啊。"

"你觉得今天的事很有意思？"我有些惊讶。

"还不错。"创也说话时，手指依旧在键盘上跳跃。

有件事我差点儿忘了。

"对了，我也应该跟你道声谢的。谢啦。"

创也的视线终于从显示屏上移开，落到了我身上："我不记得我做过什么事值得你感谢……"

"你在'出风头'面前组装茶壶的时候，不是擦了擦碎片吗？那是为了把我涂上去的糨糊擦掉吧？"

"如果碎片上有糨糊，我的说辞就不成立了……"创也的语气中有一丝慌乱。

看到我笑眯眯的，他不再解释，只是默默地转过身去对着显示屏。

我坐在沙发上，悠闲地品着红茶。时钟的分针转了三圈半后……

"啊！真是够了！"创也砰砰地敲着键盘，"下次音乐课，我们一定要战胜'卢卡斯'队，摆脱最后一名！"他说着，眼里盈满笑意。

这是我第一次看到创也笑得这么可爱。

第二部

寻宝游戏

第一章
吹响游戏号角

星期五晚上连着周末两天向来令人期待。由于下星期一也放假，加上本周末的两天，我们更是有了一个整整 3 天的假期！而且更幸运的是，因为老师有事，今天——3 天假期前的星期五——的补习班也比平常结束得早。于是在回家之前，我决定去城堡待一会儿打发时间。

那辆黑色大型轿车依旧停在老地方，卓也先生也一如往常，坐在驾驶座上读着招聘杂志《求职才是天职！》。

卓也先生沉迷于看杂志，一开始并没有注意到我。但当我靠近那条通往城堡的小巷时，他立刻抬起了头。不愧是卓也先生……

我朝卓也先生轻轻点头示意后，走进了小巷。

城堡里，创也不知道正在忙活些什么。看到我突然出现，他一瞬间有些错愕。

"嗯？你今天不是上补习班吗？"

"老师有事，所以提前结束了。"

"啊……这样啊……"创也看上去有些茫然，"红茶……喝吗？"

他说着，把水壶放到了煤气炉上。

"喝……"

我看着创也的样子，心里十分纳罕。真奇怪，平常他沏起茶来很熟练，今天却笨手笨脚的：先是弄撒了茶叶，后来又直接把水烧开了（之前他都是坚持用 98℃的水来沏茶）；倒茶的时候也是，茶壶不停地撞上茶杯，发出刺耳的声响。

我要是犯了同样的错误，他一定会冲我皱眉。

"请……"创也把茶杯放到我面前，手微微颤抖着。

他好像有事瞒着我。我不动声色，继续闲聊起来。

"卓也先生今天也在。"

"嗯。"

听了我的话，创也的表情没有任何变化，看来和卓也先生没有关系。

我火速换了个话题："对了，从明天开始就是 3 天假期了呢。"

听到这句话，创也端着茶杯的手一瞬间顿住了。难道他隐瞒的事和假期有关？

"创也，你准备怎么度过这 3 天呢？"

"嗯……看看书吧。有很多书之前一直没时间读。"创也回答时显得有些迟疑，而且他说完后低下头，用两只手捧着茶杯，不敢对上我的眼神。这家伙绝对在说谎。

我凑近他的脸："你准备看什么书啊？"

"这个嘛……"他好像没有提前想好书名。

我故意漫不经心地说："你有事瞒着我，对吧？"

创也也漫不经心地答道："不懂你在说什么。"

他这是要隐瞒到底了。

"对了对了，之前我发现一本非常有意思的书。"创也很快起身拿了一本旧书过来，我看得出他拼命地想岔开话题，"就是这本江户时代出版的《尘劫记》[1] 的复刻本。书里有个问题：假如桶里有 10 升油，如何用 7 升和 3 升的容器将其平均分成两份？内人，你知道这道题怎么解吗？"

创也的话明显比平时多了几倍（我感觉差不多是 5 倍）。接着，他又拿来一个装满水的脸盆和一大一小两个量杯。

"10 升水太多了，就用 1 升水来演示吧。这个洗脸盆里装有 1 升水，我们可以用 300 毫升和 700 毫升的量杯来做实验。"创也说着，拿起了 700 毫升的量杯，"首先，往大

---

1 日本1627年出版的传统数学著作。作者吉田光由受到了元代朱世杰和明代程大位两位中国数学家的影响，书中有诸多中国古代传统数学的内容，比如珠算术等。——编者注

号量杯里倒入 700 毫升的水。然后，将大号量杯中的水倒入小号量杯中且将其倒满，此时小号量杯中就有了 300 毫升水。最后，把这 300 毫升水倒回脸盆里……"

创也一边说着，一边哗哗倒水。

我打断他："用不着做实验，你想复杂了。"

我在纸上分别画了一个 7 升的容器和一个 3 升的容器，然后说道："先往 7 升的容器里倒满油，然后将这个容器慢慢倾斜，将里面的油慢慢倒回桶里。当容器里的油面正好与容器的对角线持平时，将容器摆正，这时容器里就剩下 7

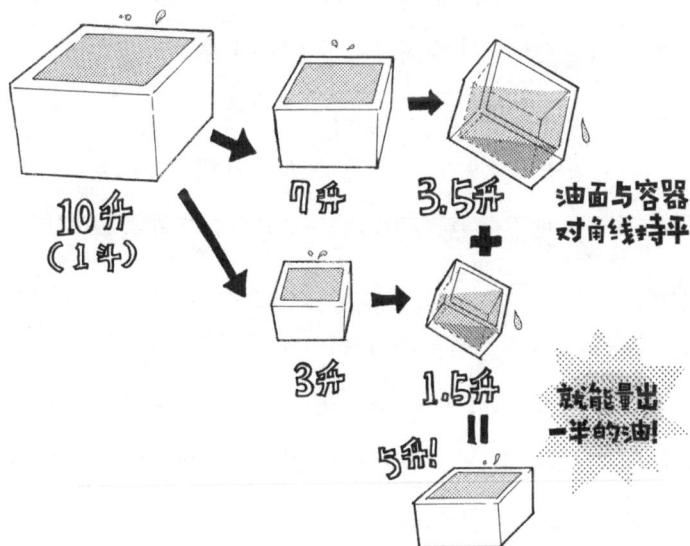

10升
（1斗）

7升

3.5升
+

油面与容器
对角线持平

3升

1.5升
=

5升!

就能量出
一半的油!

升的一半——3.5 升油。同样的做法，用 3 升的容器也可以量出 1.5 升油。把 1.5 升油倒入刚才量出 3.5 升油的容器里，就是 5 升油了。"

"……"创也很震惊。他习惯了纸上谈兵，才会以为这种算术题都必须经过复杂的计算才能解得开。

言归正传，创也到底是在隐瞒什么呢？我一定要问个清楚。

我拔下一根头发，将它穿过一枚 5 日元的硬币并打了个结，把硬币吊了起来 [1]。

"创也，你刚才的意思是没有事情瞒着我，对吧？"我把头发递给创也，让他提着硬币，"如果你说的是实话，那这枚硬币就不会晃动。只有撒谎的人才会手抖。"

创也用手捏着头发，把所有注意力都集中在指尖，可那枚硬币还是止不住地来回摆动，过了很久都没有要停下来的迹象。

"你看，你果然有事瞒着我！"我得意地笑了。

创也耸了耸肩，说："你觉得我会相信这种简单的小把戏吗？"说着，他把 5 日元硬币还给了我。他没有把钱装进自己的口袋里，可见是不缺钱。

---

1 5元面值的日元硬币中间有一个圆孔。——编者注

"无论怎么努力，硬币都不会停下，因为哪怕是像心跳这样细微的震动，都会传导到指尖。"创也的语气像个大侦探。

果然还是骗不过他……

我重整旗鼓，继续追问道："但是，你的确有事瞒着我，没错吧？"

创也没有回答，看上去仿佛是在犹豫该不该说出实情。良久，随着一声叹息，他终于放弃抵抗，放下茶杯站了起来，从桌子上拿过来一个信封。

我好像在哪儿见过这个白色的信封。我不断翻动脑海中的抽屉，终于找到了对应的记忆——这和之前 Eator CR 寄来的信封一模一样。

信封里面有一枚卡片，上面写着：

> 明天开始就是3天假期了，来玩吗？
>
> Eator CR敬上

"这和之前那些邀请函相比，已经算是非常友好的了。"我说。

然而，创也还是不说话。

卡片的背面画着简单的地图，看上去是个住宅区。地图中间有一个箭头，指向"游戏之馆"。

我问创也："你准备一个人去吗？"

创也点了点头。

"为什么要对我保密？"我想起了之前的经历，问他。

带我钻进下水道的时候，他骗我说要去野餐。带我潜入深夜商场的时候，他让我睡着。从他以往的行径来看，我一直觉得只要得到有关栗井荣太的消息，不管我多么不情愿，他都会把我拖下水……然而这次，他竟然瞒着我。

这时，创也开口了。

"我认为，如果把你牵扯进来，你就会遇到危险，所以就没有说。"

"之前哪一次不危险？"我反问他。

就说勇闯下水道那回，我们先是被鼠群围攻，之后好不容易找到了栗井荣太的秘密藏身地，却只能眼睁睁地看着他毁掉数据，引爆电脑。虽然没有生命危险，但那确实是一次令人后怕的经历。

"这次和以往都不同。"创也严肃地说，"不管是下水道那次还是商场那次，都是我们在主动寻找栗井荣太。但是这次，是栗井荣太向我们发出了邀请。"

"……"

"之前在下水道你也看到了，栗井荣太很讨厌被人追踪。但这种人居然主动发出邀请，你不觉得背后有诈吗？"

听创也这么一说，我开始认真思考。

"难不成他是想引出所有追踪者，准备一起收拾了？"我半开玩笑地说。

创也认真地点了点头："这种可能性很大。"

真的假的……饶了我吧。

"我不想让你涉险。"创也说话时冷若冰霜——在学校时，我常常见他摆出这种表情，好在自己周围筑起一道无形的高墙，"我给你看这封邀请函，只是因为迄今为止，我们都是一起寻找栗井荣太的，所以你有权利看。"

"你的意思是，我有看的权利，却没有和你一起去的权利？"

"……"

听到我的提问，创也只是默默地将红茶递到嘴边。他慢慢地喝完杯中的红茶，然后才开口道："这是我个人的问题。"

看来这就是他的回答了。原来如此，创也压根儿没把我当作他的伙伴。

"我明白了……"我重重地把茶杯放到桌子上，站了起来，"你可要想好了，毕竟这个世界上可没有后悔药！"

说起来，"后悔药"到底是种什么药呢？我甩甩头，把这个莫名其妙的想法赶出了我的脑袋——现在不是想这些的时候。

我推开门，正准备离开，突然听到创也说："内人……"

我没有回头。创也在我背后喃喃道："'后悔药'是种什么药啊……"

我还是没有回头，砰的一声摔门而去。

好气啊，事情怎么会变成这样？！

回到家以后，我把刚买的几个汉堡一股脑儿地堆到餐桌上。虽说工作日是半价，但这几个汉堡也花了我不少零花钱。

我又从燃气灶下面的柜子里翻出来两杯泡面。水还没烧开，我只好先吃了一个汉堡。

真是烦人！

烧水壶发出喷汽的声音，我赶忙撕开泡面包装。菜包也好，粉包也好，酱包也好，不管谁先谁后，我都一口气倒在面饼上，然后注入开水。

泡面的盖子刚按下时会翘起来，我把烧水壶放在上面，开始默数：1、2……10！好，这样泡面的盖子就不会再翘起来了。

面还要3分钟才能泡好，我又拿出第二个汉堡。

创也这个笨蛋！我边吃边在心里骂道。

这时，老爸穿着睡衣，来到了厨房。

"啊，老爸，把你吵醒了？"我看了眼表，已经过了汉堡半价的时间了。

"没有……你刚下补习班吗？"老爸问我。

我把汉堡放到桌子上："嗯。"

刚好3分钟！我掀开泡面盖，拿起筷子，准备开吃。可是一想到创也这个家伙，我就来气！

"生气还是吃饭，你选一个吧。"老爸说。

我放下筷子："我哪里生气了？"

"这么明显，老爸还能看不出来？"说着，他接了一杯直饮水，大口喝起来，"拧开水龙头就能喝到水的生活太幸福了。"

年过45岁的老爸是毫无特点、普普通通的中年上班族。

说到"普通的中年大叔",你们脑海中冒出的第一个形象就会是我老爸这样的(误差小于10%)。他身上那件皱巴巴的睡衣,更显得他这个人不修边幅。

老爸喝完水,看着我面前的汉堡和泡面,说:"现在生气时暴饮暴食,再过几年你就该喝闷酒了。"他打了一个哈欠,"到那个时候告诉我一声,我陪你喝。"

看到老爸挠了挠头就准备离开,我有点儿困惑:他就只想跟我说这些?

"老爸,你也会喝闷酒吗?"我问。

"不喝'闷酒',喝白酒。"老爸说完,自己先哈哈笑了起来。

好冷的笑话。

"不早了,趁天还没亮,赶紧睡会儿吧。"老爸说完便离开了。

我就着泡面汤把剩下的汉堡塞进嘴里,接着又往第二杯泡面里倒入热水。

"趁天还没亮,赶紧睡会儿",我记得老爸经常说类似的话:吃得下的时候就多吃,得了空闲就休息,能做的事情就要立马去做。只有这样,人生才能无怨无悔。

现在我能做的事情是……

我拿起筷子，扫清眼前的食物。这就是我现在能做的事情，而我已经做完了。

那么，接下来要做的就是……

星期六，清晨的空气格外清新。再过几个小时，人和车会越来越多，这座城市很快就会变得尘土飞扬、乌烟瘴气。

创也戴着一顶黑色鸭舌帽，把帽檐压得低低的，沿着晨雾弥漫的人行道走了过来。为了不与路人的视线碰上，他深深地低着头，所以没有注意到靠在电话亭边的我。

创也经过我面前的那一瞬间，我伸出一只脚……

他被绊了个踉跄，忙不迭回头看，结果对上了我的眼神。他张了张嘴，却什么都没说，转身就要走。

"创也，等等。"我伸手搭上他的肩膀。

"昨晚我已经说得很清楚，我不能带你去。不管你说什么都没用。"创也冷冷地说。

他以为说这种话就能让我乖乖回去？我已经打定了主意，还特地起了个大早。

我笑眯眯地看着他："做个交易吗？"

"交易？"

我从口袋里掏出一张纸条递给他："如果你愿意带我一起去，我就撕了这张纸条。如果你不愿意……我就给这张纸条上的号码打电话。"

创也看了一眼纸条上的号码，眉头紧锁："这个号码难道是……"

"是卓也先生的手机号。"我望着远方说道，"今早你为了不被卓也先生发现，应该颇费了一番功夫吧？"

"你给他打电话，准备说什么？"

"我想和他讨论一下全球经济的振兴。"

"你……你觉得我会屈服于这种卑鄙的威胁吗？"

"威胁？我难道忘记说这是交易了吗？"

"……"

创也咬着嘴唇，瞪了我一眼，转过身去。也就是说，交易失败了。

真没办法啊……我走进电话亭，从口袋中掏出一枚硬币投进去。我用脚抵住电话亭的门，让它一直开着，打算让创也好好听听我和卓也先生聊天的内容。

我拿起话筒，照着纸条上的号码拨号。

嘟——嘟——

咔嚓一声，创也狠狠地按下了挂机键。

嘟、嘟、嘟……

创也脸色铁青地从我手中夺走那张纸条，把它撕得粉碎。

"我们走吧。"他勉强挤出一个笑容，说道。

太好了，交易成功！

循着 Eator CR——不，栗井荣太寄来的卡片上的地图，我们来到了一片高档住宅区。

一般的高档住宅区，即便房子内部的面积很大，楼与楼之间也没什么空间。但是这片住宅区不仅房子本身够宽敞，楼与楼之间还有大片的树林与绿地。

"我总觉得我们走错地方了。"

"为什么？"

也是，对创也来说，走进这种超高档的住宅区大概就像回自己家一样平常。我则缩头缩脑地跟在昂首挺胸的创也身后。

不知不觉间，两旁的树木越来越多，正当我担心是不是走错路进了山里的时候，我眼前出现了一栋别墅。这栋别墅共两层，加上院子，占地面积快赶上我们学校了。院子四周有高大的院墙，正面是一扇欧式的铁艺大门，很是气派。

我看着门上那些削尖的铁枪头，心想：还好今天晴空万里，如果不凑巧赶上暴风雨，再飞来几只蝙蝠，电闪雷鸣间，从这栋建筑里突然冒出几只吸血鬼来，我也不会觉得奇怪。

"进去之前先说好，"创也面向我，"栗井荣太的邀请函在我手里，也就是说，受到邀请的人是我，你别忘了。"

我乖乖点头。其实我手里也有邀请函（就是在下水道里捡到的那封），但不说也罢。

"你的意思是，就算你遇到危险，我也不必舍身救你，对吧？"

"我的意思是，如果对方只给我准备了餐点，你可别跟我抢。"

创也推开大门走了进去，我赶忙跟在他身后。

铁门距离别墅大概有 30 米，中间由一条石板路连接，路两侧种满了形形色色的植物。

"都是些不常见的植物呢。"创也说。可这些植物，很多我都见过，都是小时候奶奶教我辨认过的药草。至于剩下的那些陌生植物，应该是国外的药草吧。

我们走到石板路尽头，来到一扇巨大的门前，门上嵌着狮子造型的辅首和门环。除了在电视剧和电影里，这还是我第一次在现实中见到这种门。

我伸手去拉门环……

"那应该是个装饰。这栋建筑这么大，只叩门环，里边的人是听不到的。"创也说着，看了看门周围。

果然，门边有一个电子门铃。为了配合整体的装修风格，门铃被设计得很不起眼。

创也伸手按响门铃。

"栗井荣太会出来开门吗？"

创也没有回答，只是沉默地盯着门。

半晌，门静静地打开，无声地吹响了比赛的号角。

第二章
理解游戏规则

开门的是一个 30 岁左右的男人。他是个瘦高个儿，留着一头蓬松的齐肩发。如果再披上黑色斗篷、戴上尖牙的话，他就很像吸血鬼了。

这个人就是栗井荣太吗？

"你们两个是……？"男人冷漠地打量着我们。

"我们受到 Eator CR 的邀请，来到这里。"创也亮出邀请函。

"哦，原来你们也是参赛者啊。"男人看到邀请函后，立刻友善了许多，"人多一点儿才有意思，欢迎欢迎！"

说着，他便推着我和创也进入馆内。

"请……请等一下！"我还没有做好心理准备！

可男人丝毫不理会我的话，自顾自地说了起来："对了，忘了自我介绍。我是神宫寺直人，自由职业者，今年 30 岁。'直接'的'直'，'人类'的'人'，别记错了哟！"

他说着，还冲我们眨了眨眼。

没办法，我们两个也只好自报家门。

"我是龙王创也，初二学生。"

"我是内藤内人，'内外'的'内'，'人类'的'人'。"

这似乎是一栋木造别墅，色调沉稳。我们还没来得及脱鞋就来到了玄关，穿过大厅后是一条两侧有许多扇门的长长的走廊。

走廊的墙壁上挂着许多 A5 大小的抽象画，基本都是一张白纸上画着几根黑线。细数一下，这样的抽象画有 10 幅，其中一幅除黑线外，还画着一个红点。看着这些莫名其妙的画，我不由得有点儿心里发毛。第 11 幅画总算正常了些，是幅少女的肖像画。我看着这幅画，松了口气。

我们沿着这条长长的走廊向前走，来到尽头的房间门前。神宫寺先生为我们打开门。

门内是一个十分宽敞的会客室，精心摆放着很多看上去价格不菲的家具，甚至还有一个大大的壁炉。这还是我第一回见到真正的壁炉。

"喂，有新客人来了。"

听到神宫寺先生的声音，屋里的 3 个人都抬起了头。

栗井荣太会在这些人中间吗？

正对着门的沙发上坐着一个年轻男人，年纪估摸不到 20 岁，肤色苍白得有些病态，头发和神宫寺先生的一样蓬松杂乱，但并不潇洒，还显出点儿邋遢。

我们的右前方是个小男孩，看上去还在上小学。他专注地敲打笔记本电脑键盘的样子有几分神似创也。再来看看他的相貌，金发蓝眼——难道是外国人？

小男孩对面是一位身穿红色套装的女士，她脚踩一双正红色漆皮高跟鞋，双腿交叠，靠在沙发上坐着。她的左手拿着一颗苹果糖，朱红的嘴唇比手中的苹果糖还要晶莹透亮。咦，这个姐姐我好像在哪儿见过……

正当我努力回想的时候，她突然朝我们挥了挥手。

"哎呀，又来了两个可爱的孩子呢。"姐姐抛来一个飞吻，混着苹果糖的甘甜香气。

我想起来了，她是冒险小说作家鸢尾丽亚！我见过她的照片。

"鸢尾老师，您作为冒险小说作家，怎么会到这儿来？"创也比我更爱读书，当然也是知道她的。

"哇，你居然认识我，我好感动！"丽亚小姐嫣然一笑，反问我们，"那你们俩叫什么名字呢？"

"我是龙王创也。"创也说着，轻轻点头示意。

"我是内藤内人。"我说。

"是'内外'的'内'，加一个'人'。"神宫寺先生立刻接上我的话茬儿，"不过，没想到竟然来了3个孩子。"他说着，瞥了一眼正在摆弄笔记本电脑的小男孩。

也许是察觉到了投在自己身上的视线，小男孩站了起来，走到我和创也面前。

"我叫朱利叶斯，正在上小学六年级。"说着，他面无表情地伸出右手，和创也象征性地握了握。

我问他："你是美国人吗？日语说得真好。"

不料朱利叶斯长长地叹了口气，说道："真是意外，都这个年代了，竟然还有人一看到白种人就认为是美国人。"他说完，耸了耸肩。

明明还没到变声的年纪，他说话就这么难听了。这话里带刺、趾高气扬的样子，果然很像创也。

"还有，我是日本国籍，在这里出生，在这里长大，既没有去过其他国家，也不会说其他语言。"

"……"

"话说回来，有必要对人进行这样的区分吗？同一个国家的人也会来自不同的地域、民族，拥有不同的历史、信仰和语言。只要看问题的角度不同，答案就会完全不同。"

大道理还真多。

说教完毕，朱利叶斯又回去摆弄他的电脑了。

我悄声对创也说："这家伙好讨厌。"

创也却一脸意外："是吗？他打招呼的时候懂得直视别人的眼睛，说话直截了当，我觉得他人挺不错的。"

"……"

由此足可见创也对朱利叶斯有多宽容。

现在只剩一个人没有做自我介绍，就是那位坐在沙发上的年轻人。我一直等着他开口，他却始终保持沉默。不光是我，房间里的其他人也在看着他。看来大家都不知道他的身份。

年轻人站了起来，安静地取出名片，分发给大家。那是一张用画纸裁成的手写名片，上面只有孤零零的 4 个大字：柳川博行。

"话说，"神宫寺先生重重地倒进沙发里，双手交叉抵在脑袋后面，"Eator CR 把我们叫到这里来，到底是想做什么呢？"

"各位难道不是 Eator CR——不，栗井荣太的朋友吗？"

没有一个人正面回答创也的问题。

"那你呢，创也小朋友？"丽亚小姐反问道。

"我不认识栗井荣太，但我想见他，所以今天才会来到这里。"

"我看你是冲着《绯红梦境》来的吧？"神宫寺先生用锐利的目光盯着创也。

"绯红梦境"这几个字蹦出来的瞬间，会客室里的气氛立刻紧张起来。《绯红梦境》据说是栗井荣太制作的游戏，有望成为继四大游戏之后又一部传说级的杰作。游戏还没上市，相关传言就已经满天飞了。

"算算时间，《绯红梦境》也该完成了。在那些游戏爱好者眼里，栗井荣太都快成传奇人物了。你们不觉得，只要是他制作的游戏，就肯定能大赚一笔吗？"神官寺先生的眼睛里闪着狡黠的光。

"你也想分一杯羹？"丽亚小姐问。

"算是吧，我甚至可以全权负责这款游戏的营销。再厉害的游戏制作人也不是专业搞市场的，所以呢，我可以帮帮他。"

"居然把'不劳而获'说得这么好听。"丽亚小姐毫不留情地评价道。

"你这话是对我人格的侮辱……"

听着神官寺先生和丽亚小姐的对话，柳川先生冷不丁地插话道："栗井荣太可是被时代选中的游戏制作人。我希望你们谈论他的时候注意一点儿，张嘴闭嘴都是钱，实在太俗了。"

"不巧，我可不是你这种游戏迷。"神官寺先生冷笑道。

丽亚小姐从手提包里取出一盒薄荷糖，对着手心晃了晃。"传奇游戏制作人，不为人知的第五大杰作……你们不觉得这很浪漫吗？"她看着掉出来的糖说道，"哎呀，怎么是白色的？"然后懊恼地把薄荷糖塞进了嘴里。

这时，创也开口了。

"我的确想见识一下《绯红梦境》，这是我来到这里的唯一目的。为了超越栗井荣太，我有必要看看这款游戏。"

听到这句话，所有人的目光都投向了创也。

"因为我要创作出一款比《绯红梦境》更好的游戏。"创也补充道。

"嗯……男孩子还是要有志气的。"丽亚小姐含着糖说道。

"说得轻巧。小朋友，光靠一张嘴是成不了大事的。"神宫寺先生语带嘲弄。

创也嗤笑一声，说道："我知道。不过对我来说，超越栗井荣太算不上什么难事。"

"傲慢，太傲慢了……"听到创也的发言，柳川先生嘟囔了几句。

这时，朱利叶斯站了起来。

"我很欣赏你,但将要超越栗井荣太的人不是你,"说着,他用大拇指指向自己,"而是我。"

原来如此,在场的 6 个人都是为了栗井荣太的《绯红梦境》而来……

"怎么说我们也算客人吧? 怎么连杯热茶都不给上?"丽亚小姐说着,低头摸索起手提包。我原以为她是在找饮料,结果她却拿出一沓稿纸和一支闪着金光的圆珠笔,"我也是很忙的,这些稿子节后就得交了!"

柳川先生也从身旁的纸袋里拿出一本游戏杂志,边看边做笔记。神宫寺先生则随意地从餐柜里抽出一盘桌游,认真地读起了说明书。至于朱利叶斯,他除了跟创也说了两句话,其余时间,眼睛就没从笔记本电脑上移开过。

房间里的每个人都开始做自己的事情,闲人只剩下我和创也。

角落里的巨大挂钟指向中午 12 点。紧接着,墙上的一块液晶显示屏突然亮起,显示电脑系统正在启动。这块屏幕被精心设计过,和墙面浑然一体,从外观上完全看不出后面还连着电脑。

系统启动完成后,显示屏上出现了一个空房间,装修风格和我们现在所在的房间很像，唯一的区别是正中央竖着一面巨大的毛玻璃屏风。

"似乎是视频通话。"朱利叶斯轻声说。

不一会儿，镜头里冒出了一双大手。紧接着，手的主人的背影也出现在画面里。这是一位身材修长的男士，身高跟神宫寺先生差不多，身穿西装，头戴礼帽。他走到屏风后面，在椅子上坐了下来。

"欢迎来到'游戏之馆'。"男士跷起二郎腿，缓缓道来，"感谢5位接受邀请，前来赴约。"

我扫视一圈，默数房间里的人：1、2、3……哦，我不算被邀请的客人。

"全员到齐，我十分荣幸。"

所有人都沉默地盯着显示屏。

"我是Eator CR。不，或许该说我是……栗井荣太。"男士隔着毛玻璃说道。

栗井荣太，传说中的游戏制作人，《绯红梦境》的创作者。现在，他就坐在那里，隔着一面薄薄的屏幕与我们对话。

见到栗井荣太露面，每个人的反应各不相同：神宫寺先生眼里放光，舔了舔嘴唇；柳川先生仿佛触电了似的浑身

打了个激灵，然后愣在那里；丽亚小姐开心地微笑着；朱利叶斯则一脸认真地盯着显示屏；至于创也……他面无表情，波澜不惊。

终于见到了栗井荣太，难道他不激动吗？

"在自我介绍之前，你就不能先给我们上杯茶吗？"丽亚小姐小声嘀咕着。

栗井荣太似乎听到了丽亚小姐的抱怨，说道："**邀请了各位却没有奉茶招待，是我思虑不周。不过餐厅里已备好丰盛的食品，各位可以去那里随意取用。**"

丽亚小姐耸了耸肩。

"吃饭的事先放放，我更想知道你为什么邀请我们到这里来。"神宫寺先生说。

"**没什么，我只是想和各位一起玩个小游戏。**"毛玻璃的后面，栗井荣太似乎露出了笑容。

听到"游戏"二字，神宫寺先生不耐烦地甩了甩头，柳川先生却饶有兴致地探出身去，问道："什么游戏？"

"**寻宝游戏。《绯红梦境》的正式版就藏在这座'游戏之馆'中。**"

听到这句话，柳川先生倒吸了一口气，创也和我也十分震惊。当时在下水道里，我们发现了栗井荣太的留言，他说《绯红梦境》尚未完成。看样子，游戏如今终于完成了……

"听起来很有趣。"神宫寺先生扬起嘴角笑着说，"不过一般来说，谁找到了宝藏，宝藏就归谁所有，对吧？"

"没错。我会放弃《绯红梦境》的著作权，一切权利都归找到游戏的人所有。这个人可以留着游戏自己玩，拿去垫砂锅也没问题。当然，转手或者销售，我也通通无所谓。"

听到这儿，神宫寺先生更是眼冒绿光，兴致勃勃。不光是他，丽亚小姐、柳川先生，还有朱利叶斯——所有人的目光都变得锐利起来。

栗井荣太继续说："不论出于哪种目的，我相信在座的各位都对《绯红梦境》有着极大的兴趣。这场寻宝游戏，应该会很有意思吧？"

"解释一下游戏规则吧。"神宫寺先生已经迫不及待了。

栗井荣太点了点头："《绯红梦境》就藏在这座别墅的某处。"

"有地图吗？"

"无可奉告。"

"有暗号或者提示吗？"

"无可奉告。这场游戏没有任何攻略。从个人的角度来说，我更想把《绯红梦境》托付给能完全靠自己的能力突破难关的人。"

我要把女儿嫁给能够通过这次考验的勇士！——栗井荣太好像游戏里的老国王。

"还有，我希望各位能够戴上这个。"栗井荣太把手伸到毛玻璃外面——我们可以看到他手上戴着一个像手表一样的东西，"请你们打开房间角落里的箱子。"

听到这句话，只有柳川先生站了起来，丽亚小姐、神宫寺先生和朱利叶斯都没有动。确实，这3个人看上去就不是那种会乖乖听话的人……（至于创也，他天生没有"乖乖听话"这根筋。）

柳川先生把角落里的银色工具箱搬到茶几上，打开后，大家发现里边装着5个颜色各异的小盒子，分别是粉色、红色、绿色、蓝色和黄色。

"请挑选你们喜欢的颜色。"

"我选粉色！"丽亚小姐最先伸出手，拿走了粉色盒子。

"我虽然喜欢黄色，但在这5种颜色里，黄色似乎不太好。"神宫寺先生经过思考，取走了红色盒子。

"黄色难道有什么不好的寓意吗？"朱利叶斯选择了黄色盒子。

柳川先生看了看创也。创也抬起手掌，意思是请柳川先生先拿。现在箱子里还剩下蓝色和绿色的盒子，柳川先生犹豫再三，挑走了绿色盒子。于是创也拿走了最后一个蓝色盒子。

"现在，请打开盒子。"

所有人都打开了自己的盒子，里面有两个东西。

"盒子里是植入了 GPS 的手表和小型显示屏。"

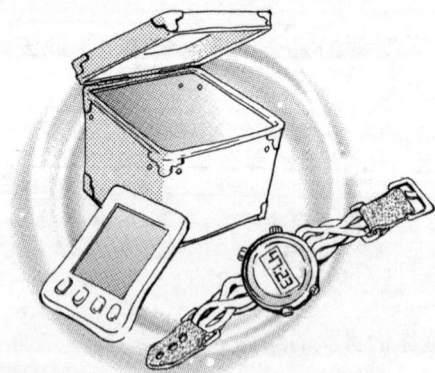

我小声问创也："GPS 是什么？"

"GPS 就是'Global Positioning System'。"创也用纯

正的美式发音解释道，可我还是没明白。

"美国开发的一种全球定位系统，由两万米高空外的人造卫星、负责跟踪与监测卫星的管理局和可以接收信号的用户设备构成，可以帮助飞机和船舶确定方向。"

创也说得这么快，我怎么可能听得懂！

"简单来说，就是能让你知道自己所在位置的机器。"

"……"

"类似汽车导航。"

哦，这我就明白了！真是的，扯那么多术语，早这么说不就好了吗？

手表上，蓝色的数字"47：23"不停地闪烁着，看来显示的不是时间，而是倒计时。腕带的一部分由藤蔓编织而成，还颇有些野趣。

"请各位戴上手表。"

大家纷纷戴上手表。

"创也，等等……"我想阻止创也，但太晚了。他动作飞快，没有丝毫戒心。就在他戴上手表的那一瞬间，我听到了咔嚓一声。

糟了……

"只要戴上这只表，它就会立刻上锁，到规定时间之前都无法取下。"栗井荣太的声音在大家都戴好手表后响起。

我抓起创也的手，想试试能不能强行把手表摘下来。藤蔓编织的腕带倒有些余量，但完全不够手腕脱出。

"锁到时间就会自动解开，奉劝各位不要暴力拆解，否则后果自负。"

"什么意思？"柳川先生问道。

"表里置入了少许炸药。"

果然。

"另外，此表既不怕水泡，也不怕重压，就算被大象踩一脚也不会坏。"

如果被大象踩一脚，手表倒是不会坏，但手可就不一定了……

"接下来，请打开小型显示屏。"

接通电源后，显示屏亮了，上面出现了一个类似汽车导航系统的界面，界面中央闪烁着 5 个不同颜色的光点。显示屏下方有 4 个按钮，分别写着 1、2、T、W。

按下"1"键，页面没有任何变化。按下"2"键，页面切换，光点消失了。这么看来，按"1"显示的是一层，按"2"显示二层。至于 T 键和 W 键，可以控制画面的放大和缩小。

"有了这个装置，你们就能实时掌握彼此的位置了。"栗井荣太继续说道，"我不关心你们中的谁最先找到《绯红梦境》。我只想知道手表上的数字变成'00：00'的时候，《绯红梦境》在谁手里。"

"也就是说，就算有人比我先找到《绯红梦境》，我也可以抢过来，对吗？"

对于神宫寺先生的问题，栗井荣太点了点头。

也就是说，创也就算找到了宝物，之后也可能会被别人夺走。这个规则听上去对手无缚鸡之力的创也、朱利叶斯以及丽亚小姐不太友好，但是……

"不错，游戏规则很有趣！"神宫寺先生看上去十分高兴，"那我们就抓紧时间开始寻宝吧！"

他说完正要从沙发上站起来，却被栗井荣太的一句话拦住了。

"请等一下，我还没说完。你们不觉得单纯地寻宝少了一点儿刺激吗？"

他居然还要增加游戏规则？我的后背直冒冷汗。

栗井荣太伸出食指："我会扮演'反派'，阻止你们获得宝物。"

所有人都无言地盯着屏幕。

我不断告诉自己：没什么好怕的，所谓的反派只不过是为了让游戏变得更好玩而已……

这时，丽亚小姐开口了："喂，反派先生，那你具体会做什么来阻止我们呢？"她的声音有些颤抖。

"众所周知，贪图宝物的人都会迎来悲惨的死亡。"栗井荣太的语气十分平静，丽亚小姐的笑容却凝固在了脸上。

"开玩笑的。"

听到这句话，我才松了口气。这个玩笑并不好笑，看来栗井荣太的情商不高啊。

"我不会真的取人性命，但'死亡'的确会降临。比如，你咬下一口面包，如果里面掉出一张写有'毒杀'的纸条，那就代表你已经中毒身亡了。"

"……"

"'已死亡'的玩家将会丧失争夺《绯红梦境》的权利，只能待在房间里等待游戏结束。明白了吗？"

大家点了点头。神宫寺先生面露不满，但为了得到《绯红梦境》，他也只能同意。

"最后，还有几条规则请大家知晓。这座别墅以及外面的庭院都是开放的，只有你们各自的房间可以上锁。手表显示'00：00'的时候，也就是后天的正午，游戏即宣告结束。"

我看了看创也的手表，表盘上的数字变成了"47：09"。也就是说，我们必须在剩下的47小时9分钟之内找到《绯红梦境》。

"游戏结束之前，谁都不能随意离开这里。一旦离开，就视为弃权。"

"可以打电话吗？"神宫寺先生问。

"这一点我忘记说了：不允许使用手机。请大家将自己的手机放到茶几上。"

神宫寺先生、丽亚小姐和创也都把手机放到了茶几上。丽亚小姐的手机上挂满了吊饰，几乎看不清手机长什么样子了。朱利叶斯和柳川先生好像都没带手机来。

"手机都不让用，这可怎么办啊？"我小声问创也。

"没事。本来我也没开机，也不准备用。"创也倒很坦然。

"为什么？"

"只要一开机，卓也先生就知道我在哪儿了。"

确实，被卓也先生抓到的话，情况只会更糟。

栗井荣太接着说："如果想和外面联系，请使用别墅内的公用电话，但严禁泄露关于寻宝游戏的事情，否则……"

"视作弃权，对吧？"丽亚小姐抢答了后半句。

"是的。"毛玻璃后面的栗井荣太再一次露出微笑，"我的介绍就到此为止。"

"等一下！"神宫寺先生伸出手，"我还有个问题。你，反派先生，现在在哪儿？"

"无可奉告。我只能说，我就在这栋建筑的某处。"

"哦……"神宫寺先生稍作思考，"那抓到你之后问出《绯红梦境》的下落，这算犯规吗？"

"如果你能抓得到，那就试试看吧。只要能抓到我，我一定将《绯红梦境》双手奉上。"

房间内的气氛突然变得凝重起来，只剩下挂钟的嘀嗒声不断回荡。

众人沉默数秒，直到柳川先生长舒一口气，我才回过神来，放下了僵硬耸起的肩膀。

"如果游戏过程中想和你联系的话，该怎么办？"创也问。

毛玻璃后的栗井荣太并没有回答这个问题，而是交换了一下跷起的腿，说："游戏结束后如果还有时间，我们可以来聊聊《碟中谍》。"

这句话唤醒了我某段不好的记忆，让我生出一种不祥的预感。

毛玻璃的另一边，栗井荣太好像有些害羞地笑了。然后他郑重其事地说道："无论你们接下来会遭遇什么，都与我无关。这台电脑将会自动……"

糟糕！察觉到情况不妙，我立刻把创也按在厚厚的地毯上，然后用手抱住头，等着电脑"自动销毁"。

然而……

"断电。祝你们好运。"

嘟的一声，显示屏黑了下去。无事发生，风平浪静。

房间里的气氛更凝重了，挂钟的嘀嗒声让我如芒在背，我恨不得当场找个地缝钻进去。所有人都像看怪物一样看着抱头趴在地板上的我和创也。

我默默地站起来，掸了掸身上的灰尘。

"不愧是栗井荣太的地盘，连地毯都这么柔软！"

大家的眼神没有任何变化。果然没有那么容易蒙混过关啊……

第三章
游戏正式开始

大家纷纷开始行动。神宫寺先生最先离开了会客室，然后是柳川先生。

"不走吗，小朋友们？"丽亚小姐问我、创也和朱利叶斯。

"丽亚小姐，你准备怎么做？"

"我啊……"丽亚小姐从手提包里抽出一包醋昆布塞进嘴里，单手托着脸颊，"我对寻宝什么的不感兴趣，不过，来都来了……"说着，她从沙发上站了起来，"回头见喽！"

丽亚小姐离开了房间。现在，这里只剩下我、创也，还有朱利叶斯。

"朱利叶斯，你呢？"创也问。

"就算第一个找到宝藏，也有可能被人抢走。"朱利叶斯的眼睛盯着笔记本电脑，头也不抬地答道。

嗯，这个家伙果然和创也很像……

我和创也正要离开，却听朱利叶斯问道："龙王，你说你想超越栗井荣太，是认真的吗？"

"是啊。"创也停下了脚步。

"办不到的事情就不要信口开河，免得日后丢脸。"朱利叶斯的话很不客气，让我瞬间有些恼火。

冲动之下，我忍不住走回去，把手搭在他的肩膀上迫使他面向我。我看着他的眼睛，说道："我本来觉得你和创也很像，但我错了，你和创也完全不一样。创也的确不会和人打交道，性格冷血，说话难听，脑子里只有游戏，说话还难听……"

"'说话难听'出现了两次……"创也插嘴道。

我假装没听见，继续说："即便如此，他也不会因为害怕丢脸而像你一样当缩头乌龟！"

总算把心里话说出来了，我神清气爽，推着创也的肩膀走出了会客室。

"你居然说我说话难听，"到了走廊里，创也还在念叨，"我看你说话也挺难听的。"

我再一次假装没听见。

我跟着创也走出别墅，来到了外面的小树林里。这里十分安静，让我几乎忘记了自己身处住宅区。要不是树木栽种得太整齐，我甚至会以为这是小时候奶奶带我去过的某座山林。

我问创也：“《绯红梦境》会藏在这片树林里吗？”

“我不知道。”创也回答。

啊？真的吗？那为什么要来这里？

我拿起创也的那台小型显示屏查看，黄色的点还在会客室里没有动，粉色、红色、绿色的点都在馆内慢慢地移动着。

“除了朱利叶斯，所有人都开始行动了，我们还在这里慢悠悠地散步，不要紧吗？”

“嗯。”创也很从容。

看到创也这么淡定，我也恢复了冷静。我准备先深呼吸一下，好好思考思考。创也都不着急，我着急也没用。

我们找到一棵山毛榉树，坐在了树下。

“栗井荣太到底是怎么想的？”我问创也。

创也捏着下巴，好像在思考什么。

“如果我们找到了《绯红梦境》，他真的会把游戏给我们吗？”

“……”

“昨天你不是说栗井荣太想把所有人召集起来一口气解决了吗？”

"……"

"说不定真让你说中了。虽然他口口声声说不会取人性命，但是这个游戏规则一听就很危险啊。"

"放心，栗井荣太不会针对你。"创也终于开口，严肃地说道，"我想不通的是他到底为什么组织这场寻宝游戏。《绯红梦境》是他最重要的作品之一，他能这么轻易就放手？令人费解的地方太多了。"创也说完，闭上了眼睛。

见他这么苦恼，我反倒很欣慰：我们学校有史以来绝无仅有的天才，字典里没有"不可能"三个字的创也，居然也有搞不懂的事情。

我站起来，伸了一个大大的懒腰："你知道'豆油贝斯特'吗？"

创也歪了歪脑袋，表情好像在看外星人念绕口令。

"我奶奶说的，'豆油贝斯特！尽人事，挺甜蜜'。"

"什么意思？"

"我也不是很懂，但每当我遇到困难时，她总这么对我说。所以，创也，与其苦思冥想，不如尽全力去尝试一下。"

创也又一次捏住下巴陷入思考。但这回，他似乎很快就找到了答案，站了起来。

"你的奶奶真是与时俱进。"说着，他也伸了一个大大的懒腰，"好，那我就听从你的建议吧。总之，先去找《绯红梦境》。"

创也拍了拍我的肩膀。

"Do your best（全力以赴）！"

说这句话时，他的脸上已经没有了刚才的迷茫。

与此同时，树林深处传来一阵沙沙声。

"谁？"

我和创也条件反射地看向声音传来的方向。林间似乎有人跑动，但有树枝和草丛遮挡，我们看不出具体身形。

这个人难道是在偷听我们聊天？

我想追上去，却被创也拦下。

"为什么拦我？"

创也不答，低头看了眼小型显示屏：粉色、红色、绿色、黄色的光点还在别墅内，在庭院里的只有蓝色的光点，也就是创也。所以，刚才那个人应该是游戏的反派——栗井荣太。

我又要追上去，结果被创也拽住了衣领后面。脖子被猛地勒住，我忍不住想要干呕。

"别追了，太危险。"

创也阻止我的方式才更加危险吧！

我咳嗽几声，调整好呼吸后说道："真可惜，我还以为终于能见到栗井荣太了呢。"

"你这么想见他？"创也很疑惑。

"你忘了之前在下水道的经历了？不光是你，我也很惨。这次我非得设个陷阱，给他点儿颜色看看！"

"你还挺记仇。"创也边叹气边说，"但贸然追过去很危险。这里可是栗井荣太的地盘，说不定他早就设好了陷阱，就等我们上钩。"

创也说得对，一个不小心，也许就轮到栗井荣太给我们颜色看了。

"那接下来，我们该怎么办呢？"

"我拿不准栗井荣太的意图，现在只能先专心寻宝了。"

"不过，《绯红梦境》到底长什么样呢？我们一点儿线索都没有。"

"线索是有的。"创也肯定地说，"估计拷贝在光盘里了。"

"你怎么知道？"

"刚才栗井荣太说了，拿到《绯红梦境》的人可以把它拿去垫砂锅。"

啊，既然能垫砂锅，说明它是一个扁平的东西。如果他说"拿去当飞盘用"，我就肯定也能想到这一点了……

"所以，宝藏不会很大。可是像光盘这种很薄的东西，找起来很困难。"

"为什么？"

创也怜悯地摇了摇头。不用他开口，我也知道他想说"拜托了，你动动脑子好不好"。

"东西这么薄，地毯下边、书本里面、镜框背面等都能藏得下。这样一来，能藏的地方就会有很多。"

好吧，我明白了。我做了个深呼吸，说道："那么，准备开始寻宝吧。"

卷起地毯，移走茶壶，钻进桌子底下……我们打算先挨个搜查别墅里的房间。

中途碰上餐厅，于是我们决定稍作休息。

创也在厨房里沏茶，我则找到一盒饼干。我们坐在餐厅里，面前是饼干和热腾腾的红茶，仿佛在享用高级的英式下午茶。

见我大口大口地嚼着饼干，创也无奈地说："你还真是厉害。你不怕栗井荣太在饼干里下毒吗？"

因为这句话，我嘴里的饼干都不香了。创也刚调侃完我，自己却若无其事地拿起一块饼干吃了起来。

"那你呢？你就不担心有毒吗？"

"栗井荣太不会做投毒这种无聊的事情。以他的性格，他肯定会选择更加花哨的方式来阻挠我们。"

的确，栗井荣太以往的行为都非常浮夸，比如在下水道里建造秘密基地，用烟花爆破电脑，去电视台拍摄录像……这一次，反派栗井荣太会采取什么手段让参赛者出局呢？

想着想着，我不禁脊背发凉，可是心底竟又有些期待……我这是怎么回事？

创也把茶杯放回茶托，笑得狡黠："真令人期待。"

这家伙也不太正常……

"怎么，你们已经放弃游戏了吗？"

我们回头一看，是神宫寺先生站在餐厅门口。

"方便的话，也给我来杯红茶？"没等我们回答，神宫寺先生就一屁股坐到了椅子上。

创也站起身，倒了一杯红茶端过来。

"哇，真不错。"神宫寺先生喝了口茶，大为惊讶，"厉害，我还是第一次喝到这么好喝的红茶。"

创也微微颔首："过奖了。您找到《绯红梦境》了？"

我用手肘捅了捅创也，小声说："你问这个有什么用？他肯定不会老实说啊。"

"为什么不会？"创也丝毫没有压低音量的意思，"神宫寺先生没有撒谎的理由。没找到，他可以如实说；找到了，凭我们的力气也抢不走。不管怎样，他都没有损失。"

神宫寺先生露出欣赏的眼神，说："小同学说话还挺有道理。没错，就算你们两个一起上，你们也不可能打倒我，抢走《绯红梦境》。"

"那我再问一次，您找到《绯红梦境》了吗？"创也问。

"如果我说我找到了呢？"神宫寺先生喝着红茶，反问道。

创也盯着他的脸，缓缓说道："您不觉得舌头麻吗？"

神宫寺先生的嘴像爆裂的水管一样喷出了红茶。

"喂，你……你竟然……下毒……"

"开玩笑的。"创也端起茶杯，"我们要继续寻宝了，自己的杯子请自己洗干净。"

创也走出餐厅，我赶忙跟了上去，背后传来神宫寺先生爽朗的笑声。

我们来到大厅。通往二层的楼梯下方有一个小储物间，里边放着许多大小各异的纸箱。我打开其中一个，发现里面有很多烟花，难道是当时为了爆破下水道的电脑而准备的？除此之外，还有些小包装的火柴和蚊香，我顺手拿了一点儿揣进口袋。

创也看着我，没说话。但我能猜到他想说什么，无非就是"你还真是雁过拔毛"之类的。

旁边还有一个装着聚会用品的箱子，里面是金色和银色的彩带、拉炮，还有带假鼻子的变装眼镜、灯油罐、木炭、金属网、胶带等等。东西很多，放得乱七八糟的。

有了这些，我就可以制作很多逃生工具。我顿时心情大好。

离开储物间，我们沿着走廊向前走，途中遇到一个宽敞的房间。我们走进去一看，不禁吓了一跳。房间的四壁都做成了通顶书柜，房间内也像密林般摆满了书架。架子上全是书、DVD和录像带，比学校的图书馆还要壮观好几倍。

"这些应该都是栗井荣太的收藏吧……"我喃喃自语。

"很有可能。"这时，丽亚小姐从书架的阴影里走出来，手里捧着一本书，"你们也是来看书的吗？"

创也回答道："不，我们在寻宝。"

我看向丽亚小姐手里的书，问道："您已经放弃寻找《绯红梦境》了吗？"

"嗯……也不能这么说。但其实我对《绯红梦境》不怎么感兴趣。我是个冒险小说作家，来这里是为了寻找创作灵感。所以比起游戏，还是这里的书更吸引我。"

丽亚小姐举起手中的《地心游记》，封面上写着作者的名字：儒勒·凡尔纳。"反正还有时间，所以我准备在这里看看书或者 DVD。"她说。

看到丽亚小姐从手提包里取出一张 DVD，创也问道："那是亨利·莱文导演的《地心游记》吧？您不爱看乔治·米勒导演的版本吗？"

"那部我看过了。"

我完全听不懂这两个人的对话。

"我刚刚发现这里还有江见水荫写的《地心历险记》，感兴趣的话，你可以读一读。"

听到丽亚小姐的话，创也露出了微笑。我也不明所以地跟着笑了笑。

我们离开这个房间，留下丽亚小姐一个人。

"她究竟是何方神圣？"走出一段距离后，创也轻声说。

"不是冒险小说作家吗？"

创也耸了耸肩，说："你没发现吗？我们之前就见过她。"

"……"

在哪里见过……我绞尽脑汁也没有头绪。最后还是创也揭晓了答案：

"龙王商场。她就在神鬼派一行人之中。"

这谁能记得住啊！

"她不是穿着正红色的漆皮高跟鞋吗？同样的鞋在那天晚上也出现过。"创也得意地说，"在专家面前出现时，不要穿曾经穿过的鞋子。"

我心想："专家"到底指的是什么专家？

"创也，刚才那个房间，我们不用再仔细搜查一下吗？"

创也不耐烦地回答："你想搜的话，就自己去搜吧。"

"为什么？如果《绯红梦境》真的被刻在光盘里，藏在刚才那个房间里是最好的。"

"栗井荣太不会把《绯红梦境》藏在那里。"创也断言。

"为什么？"

"很明显，因为没意思。"

"……"

是吗？

"如果夹在书里，或者装进 DVD 盒子里，只要挨个查过去，就一定能找到。栗井荣太绝不会把《绯红梦境》藏在只要花时间就能找到的地方。"

我好像懂了，又好像没懂。

"丽亚小姐也说了，还有时间，你不用这么紧张。"创也倒是很从容。

接下来，我们上了二楼。二楼走廊尽头右侧的那扇门上挂着写有"神宫寺"的牌子，其对面房门的牌子上写的则是"柳川"。

创也的房间就在神宫寺先生隔壁。创也对面是朱利叶斯，朱利叶斯旁边是丽亚小姐。没有我的房间，不过这也没办法。

我们走进创也的房间，把行李放下。我原以为这里的客房会像商务酒店一样简约紧凑，没想到里面非常宽敞舒适。

"太棒了，内人，这房间这么大，地板和沙发都很适合你。"创也说。

"所以床归你喽？"

"当然啊，本来就是为我准备的房间。我可从来没说过希望你跟来。"

创也说得明明白白。

"唉，我还以为善良的创也会把床让给我睡。"

创也装作没听见。

算了，估计他是那种换了枕头就睡不好的人。多亏奶奶经常带我进山，我在哪儿都能睡得很香。

"既然房间看完了，我们就继续寻宝吧。"创也拿起桌上的钥匙。

之后，我们检查了别墅内的所有房间。

比起《绯红梦境》，创也对栗井荣太的工作室更感兴趣。但在这偌大的别墅中，没有哪个房间像是工作室，我们也没见着栗井荣太的影子。

"这里有隐藏房间？还是我们错过了什么……"创也咬着指甲思考，看上去很是苦恼。

不知不觉已经到了傍晚时分，我提出应该吃点儿东西，休整一下。

"嗯……确实还有时间。"创也手表上的倒计时变成了

"41：24"。

"其他人在哪儿？"我问。

创也拿出了小型显示屏，按下"2"键，屏幕上显示粉色、红色、黄色的光点都在各自的房间内。

我们朝着丽亚小姐的房间走去。

"丽亚小姐，晚饭您打算怎么办？"创也敲了敲门，问道。

门内传来丽亚小姐的声音："今晚的菜单是……？"

我突然有一种非常不好的预感。创也的脸颊上也有冷汗流过。

"栗井荣太说过，饭菜自己准备……"创也回道。

"哦，那你准备好了就叫我哟。"丽亚小姐甜甜地说。

多说无益，我们只好去找朱利叶斯。刚准备敲他的房门，我们就听到旁边传来一句："忘了说了，我不吃鱼！"

好的，丽亚小姐，小人明白……

刚敲了两下，朱利叶斯便来应门了。

"朱利叶斯，你晚饭有什么计划？"创也问。

"我不会做饭。"朱利叶斯面露难色。这时的他完全变回了一个可爱的小学生模样。

"一两道简单的也不会？"我问。

朱利叶斯摇了摇头。虽然我也算不上神厨，但煎个鸡蛋还是没问题的。

还剩柳川先生和神宫寺先生。柳川先生没在房间里，我们敲了敲神宫寺先生的房门。

"哦！晚饭已经准备好了吗？"

此话一出，我们立刻明白：不要对神宫寺先生抱有期待。

"神宫寺先生，您有什么擅长做的菜吗？"

"我会打鸡蛋。"听到创也的问题，神宫寺先生自信满满地回答道。会打鸡蛋到底能不能算是会做菜呢……

"不用担心，不是还有你吗？刚才的红茶多好喝啊！"

神宫寺先生不慌不忙地拍了拍创也的肩膀。但听到创也说"那晚上只喝红茶可以吗？"后，他的表情凝固了。

"不会吧……"

"我只会沏红茶，不会做其他菜。"创也大言不惭地回答道。但是红茶到底能不能被称为菜呢……

总之，先下楼去餐厅吧。再这样下去，今晚就要面对生鸡蛋配红茶这种地狱般的混搭菜式了……

没承想，刚走进餐厅，一股食物的香气就钻进了我的鼻子里。

"啊……你们要一起吃吗？"柳川先生从厨房里走出来，小声说。

"哇！这么多好吃的！"神宫寺先生看到餐桌上一道又一道的佳肴，发出赞叹，"柳川，你好厉害啊，竟然会做这么多外国菜。"

外国菜？我没明白。

创也解释给我听："大锅里装的是一道叫作'多罗瓦特'的埃塞俄比亚炖菜，主食材是鸡肉和鸡蛋。那道'椰汁辣虾'是菲律宾菜。至于这些生菜和米饭，你知道是什么吗？"

"不就是生菜和米饭吗？"

"是中国的'菜包饭'，把肉酱和米饭拌在一起，然后用生菜包起来吃。"

"……"

果然没一个认识的。啊，不，这道菜我认识，将生鱼切成片，分放在五个盘子上的是：生鱼片！

"鸢尾小姐呢？"柳川先生端来一盘牛排，问道。

"她说饭好了叫她。真是的，她以为自己是谁啊。"神宫寺先生耸了耸肩。

"我去叫她吧，牛排还是得趁热吃。"柳川先生说着离开了餐厅，但是很快又回来了，"她说让我们先吃。"

比柳川先生行动更快的是神宫寺先生的手，他已经迫不及待地举起了刀叉。

"柳川先生，您找到《绯红梦境》了吗？"创也一边夹菜，一边问。

柳川先生瞥了一眼神宫寺先生，小声说道："我可不敢在神宫寺面前说自己找到了。"

"那您找到了吗？"我问。

"无可奉告。"柳川先生搪塞过去，转而对朱利叶斯说，"朱利叶斯，这道冬阴功汤，我没放太多辣椒，你尝尝。"

我也尝了一口那道海鲜汤，确实不辣。

"这是哪个国家的菜？"我小声问创也。

"泰国菜。这是世界三大名汤之一，记好了。"

我又不挑食，就算不知道这种小知识也不耽误我吃饭啊！我在心里大声反驳。

一提到外国菜，我就只能想到咖喱。意大利面也是在学校食堂才第一次见到，而且我至今都分不清意大利面和通心粉。

柳川先生的手艺很好，每道菜都好吃。尽管每次询问菜名都会被创也嘲笑，我还是坚强地吃完了晚饭。不知不觉，已经过去了一个多小时。

"啊……真是太好吃了，多谢款待！"神宫寺先生把刀叉丢在盘子上，站了起来。

"你准备去哪儿？"柳川先生叫住他。

"当然是回房间啊。"神宫寺先生有些疑惑。

"自己的盘子，请自己收拾。"柳川先生语气坚定，目光如炬。

听到这句话，别说神宫寺先生，连我和创也都哆嗦了一下。创也和朱利叶斯这种小少爷，估计这辈子都没自己刷过碗吧。

"请你们至少清洗一件餐具。"我模仿创也常用的口吻对这两个小少爷说，毫不意外地被某人瞪了一眼。

洗碗花了我们半个小时。我对笨手笨脚的创也说出我客观的评价——"你真是笨手笨脚"，然后又被瞪了一眼。

"鸢尾小姐还是没来吃饭……"

柳川先生重新热了热牛排。

在回二楼的房间之前，我给家里打了个电话。

"你这孩子，上哪儿去了？"电话里传来我妈的咆哮，连旁边的朱利叶斯和神宫寺先生都被吓了一跳。

我把听筒拿远了一些，尽可能简短地交代情况："我现在和创也在一起，今晚不回去了。"

"哦，原来是和创也在一起啊。"我妈的语气来了个急转弯。再厉害的变声器也无法瞬间实现这样巨大的变化吧。唉，大人就是更信任成绩好的小孩。

我把话筒递给创也。

"好的，好的。……明白了。您放心。……没问题。"

创也把话筒还给我。

"所以，今明两天我都和创也在一起。"

听到我的话，我妈说："你可千万别给创也的家里人添麻烦哟。"

看来我妈误以为我寄宿在创也家里了。也好，我就不纠正她了。

电话终于挂断，我感觉刚才摄入的卡路里都在这通电话里消耗光了。

"朱利叶斯，你不用给家里打电话吗？"我问。

"我家里人不太管我。"他有些落寞地笑了笑。

"听了刚才的电话，我真的很庆幸自己已经长大了。"神官寺先生小声嘟囔着，柳川先生也用力点头表示认同。

我们一起回到二楼。柳川先生端着牛排，敲了敲鸢尾小姐的房门："鸢尾小姐，晚饭给你送来了。"

可门内只传来了一阵含糊不清的声音："九妹——！九妹——！"

她在说什么？

创也反应很快："她在喊'救命'！"

房门没有上锁，我们立刻推开门冲了进去。

房间里好像遭遇了台风一样乱糟糟的，桌椅翻倒在地，被撕坏的纸张凌乱地散落在地上。丽亚小姐的手提包也大敞着，床上撒满了各色糖果。

丽亚小姐的双手被胶带绑在背后，嘴也被堵住了，只能在床上滚来滚去。她的身上贴着一张 A4 大小的匕首照片，上面印着巨大的"刺杀"二字，字色鲜红。

被反派赐予"死亡"的第一个受害者出现了……

"你没事吧？"神宫寺先生给丽亚小姐松绑。

"啊……太难受了！"丽亚小姐大口喘着气。

"究竟发生了什么？"神宫寺先生问。

"我也不是很清楚……我正躺在床上看稿子，不知不觉

就睡着了……等我醒来就发现嘴被堵住了，手也被绑了起来……"

"您没有锁门吗？"创也问。

"当然锁了呀！但是反派应该有万能钥匙吧。"丽亚小姐这才发现自己的房间一片狼藉，发出哀号，"这到底是什么情况……"

丽亚小姐捡起被撕碎的稿纸，说："撕成这样，我还怎么工作啊！"她把稿纸团成团，通通扔进了垃圾箱里。她又捡起匕首照片，注视半晌，尖叫着把它撕得粉碎。我还是第一次听到这样悲愤的叫声。

丽亚小姐暴躁地在房间里发狂，时不时还要咬一口牛排，或者往嘴里塞糖果。"台风过境"后的房间，又经历了一次大地震和怪兽来袭。

"现在还是让她发泄一下吧。"神宫寺先生无奈地说。除此之外，也没有更好的办法了。

为了不刺激到丽亚小姐，大家轻手轻脚地离开了她的房间。离开前，我悄悄捡起了掉落在地板上的胶带。

第四章
寻找藏宝地点

"你在想什么？"我躺在地板上，冲着床的方向问道。创也还没有睡，他打开床头灯，似乎在纸上画着什么。

"绑住丽亚小姐并留下匕首照片的人，真的是反派吗……"他喃喃道。

"你为什么会怀疑这点？"

那时，除了丽亚小姐，神宫寺先生、柳川先生、朱利叶斯、我和创也都在一起，根本没人有机会去丽亚小姐的房间作案。所以犯人一定是除我们之外的人，也就是反派。

"晚餐期间，柳川先生去找过一次丽亚小姐。"创也说。

"你在怀疑柳川先生吗？"我有些惊讶。

柳川先生确实去找过丽亚小姐，但他很快就回来了。在那么短的时间内，就算速度再快，他也不可能完成绑住丽亚小姐、弄乱房间的全部操作。那之后，我们几人就一直待在餐厅里，互相可以作证。也就是说，我们之中是没有反派的。我觉得这点应该是显而易见的，但创也并不认同。

"我还是觉得有哪里不对……"创也挠了挠头。

"除非……"我突然有了一个想法，"是丽亚小姐自导自演！是她自己把房间弄乱，并堵上自己的嘴，假装被反派袭击的。"

创也摇了摇头："如果你能反绑自己的双手，再缠上几圈胶带，我就信你。"

我用丽亚小姐房间里的胶带试了试。不行……光靠自己是无法用胶带缠住自己的手腕的。

我起身关掉房间的灯："别想了，还是早点儿睡吧。"

创也点了点头，关上床头灯。

睡前该做的事情都做完了，我躺在地板上，安心地闭上双眼。

"你要靠近大地。"

半梦半醒间，奶奶来到了我的梦中。梦里，我正靠在树上休息。

奶奶问我："你想想，在野兽出没的深山里，像你这样靠在树上休息与躺在地上休息，哪种更安全呢？"

我不假思索地答道："当然是靠在树上休息更安全喽！

一旦有危险，这样逃跑起来更快。"

听到我的话，奶奶笑了："内人，你躺下试试。"

我听话地躺了下来，结果吓了一跳。枯叶起舞的声音、地下的树根吸收水分的声音……都顺着地面切实地传了过来。不光是耳朵，我的全身都能感受到周围的动静。

"人的耳朵不如野兽的灵敏。但只要靠近大地，就能听到远方的声音。"

奶奶说得对，靠在树上无法察觉到野兽的脚步声，睡在地上反而能及时反应，更快地逃跑。

奶奶，谢谢您。

我还想听奶奶说些话，梦却戛然而止。

咔嗒，我的身体感知到了门锁被打开的动静。黑暗中，房门被静静地推开。

再等等……等等……

一个黑影从门缝中钻了进来。

还差一点儿……

黑影逐渐向我靠近，一步，两步……

就是现在！我把盖在身上的床单猛地扔向黑影。

"哇！"黑影受到惊吓，大叫一声。

成功了！我睡觉前剪了很多段胶带，反卷成圈粘在了床单上面，所以这人现在越是挣扎，床单就会裹得越紧。

听到声响，创也睁开眼睛，目睹了黑影和床单缠在一起，正连滚带爬地逃出房间的一幕。

"别想跑！"我冲进走廊，准备追上去。

"等一下！"创也拦住了我。

"为什么拦我！现在是抓住反派的好机会，我们马上就能赢得这场游戏了！"

"冷静一点儿，内人。事情没这么简单。"

"……"

"反派恐怕早就猜到我们会追过去，所以提前设置了陷阱。"

"……"

我大口深呼吸，让自己冷静下来。创也的话也有道理。

我谨慎地穿过走廊，朝着楼梯走去。楼梯口铺着地垫，地垫微微鼓起。我掀开地垫，下面果然有一个贴着照片的放屁垫，照片上是地雷和两个大字：炸死。

"这个反派和你的品位差不多。"想起创也之前也用放屁

垫黑过我，我便用手指捏起垫子拿给他看。

"我才没有那么坏。"创也矢口否认，我却不能苟同。

我们回到房间，拿出小型显示屏，按下"2"键，5个光点都在各自的房间里闪烁着。这下可以确定了。

"反派果然不在我们之中。"我说完，创也点了点头。

第二天早上，柳川先生为我们准备了早餐。虽然只是简单的面包片配煎蛋和培根，但我已经很感激了。

"我早餐更喜欢吃米饭和汤啦。"丽亚小姐边说边吃得起劲。

"柳川，再帮我做一份午饭好吗？被反派处死的人好像必须待在自己的房间里，所以晚饭之前我都不打算出来了。"丽亚小姐吃着餐后的点心说道。

柳川先生苦笑着点了点头："好。反正都要做，我就把所有人的都准备出来吧。只不过……"

"我懂，碗筷我会自己刷干净的。"神宫寺先生抬起手，示意柳川不必多说。

吃过早餐，大家就各自忙活去了。我和创也延续昨天的作战方针，在别墅里这儿找一找，那儿翻一翻，可依旧不见《绯红梦境》的踪影。眼看时间已近正午，我们决定先吃午饭。

今天天气很好，我们朝小树林走去，感觉仿佛是去野餐。

吃完午饭，我们回到别墅中，在那条挂着装饰画的走廊里偶遇了朱利叶斯。他正十分认真地盯着墙上的画看。

"朱利叶斯，你吃过午饭了吗？"

"嗯。"

朱利叶斯虽然回答了创也的问题，但视线始终没有离开墙上的画。这些画到底有什么好看的？白纸上画着几道黑线，老实说，我根本不懂这些抽象画想表达什么。

"龙王，你不好奇吗？"朱利叶斯无视了我，对创也说，"为什么栗井荣太会在墙上挂这些画呢？"

"确实，这些并不是什么名画，倒像是小孩子的涂鸦。"

朱利叶斯把一幅画摘了下来，并拆开了画框。画框里面没藏东西。接着，他把画取了出来。

"嗯？什么情况？"

没想到这些黑色线条不是画在白纸上的。画框里有一张透明塑料片和一张白色衬纸，黑线正是画在了透明塑料片上。

"这是怎么回事……"朱利叶斯歪着头。

这时，我突然灵光一现！这道光比遇到复杂的数学题后灵光一现想出答案时的灵光还要亮上好几倍。

"我知道了！"我大喊一声，然后模仿创也的口吻，对他和朱利叶斯下达指令，"请把这些画都从画框里拿出来。"

创也很不情愿："我平常说话有这么讨人厌吗？"

这个问题稍后再议。我们先分工合作，把透明塑料片从画框里都取了出来。

"这幅画呢？"创也指着第 11 幅画——少女的肖像，向我问道。

"那张不用动。"我说完，创也又露出一种很不爽的表情。

就这样，我们集齐了 10 张画着黑线的透明塑料片，每张都是 A5 大小。

"你打算做什么？"

我没有吭声，而是把这些透明塑料片一张张地摞在一起，用行动回答创也的问题。黑线逐渐相连，一幅地图跃然眼前。

"这是……？"

"对，这应该就是这座别墅一层的平面图。"回答完朱利叶斯的问题，我拿起第 10 张——唯一画着红点的透明塑料片，放在了其余塑料片的最上面。

红点的位置恰好位于会客室的一角。我记得那里是壁炉。

"《绯红梦境》就在这里。"我极其得意地对创也说。

不再耽搁时间，我马上领着他们俩来到会客室。这里和
昨天一样，没什么变化。我径直走向房间角落处的壁炉，
把里面（后来创也告诉我这个位置叫炉床）的柴火挪开，
扫去炉灰。然后……

"中奖了！"

炉灰中露出一个不小的黑色 CD 盒。我小心地拭去盒子上的灰，用颤抖的双手打开盖子。然而里面只有一个纸条，上书两个大字：可惜！

"哈……"我一时语塞。

创也拍了拍我的肩膀："我想为现在的你点播一首《人生有泪》[1]。"

拜他所赐，我的脑袋里开始单曲循环"人生有苦也有甜"的旋律，挥之不去……炉灰从指缝中滑落，我好像也已经燃烧殆尽……

就在这时，我们听到了几声巨大的砰砰声。这是什么声音？

"在二层！"创也转身跑出会客室，冲上二楼。

我和朱利叶斯立刻追了上去。虽然我的跑步速度不算快，但我一定不能输给小学生和宅男！

来到二楼，转过拐角，我们看见神宫寺先生正抱着胳膊站在自己的房间前。他神情严肃，看上去思绪万千。这复杂的表情配上他现在的扮相——头上挂着五颜六色的纸条，脚边也散落着很多彩纸碎片——让他显得有点儿滑稽，宛

---

1 日本著名电视连续剧《水户黄门》的主题曲，首句歌词是："人生有苦也有甜，泪水过后会有彩虹。"——编者注

如刚从生日派对上逃出来的寿星。

"神宫寺先生，发生什么事了？"

听到创也的问题，神宫寺先生默默地用手指了指房间里面。房门半开，门把手上连着一根细线，伸向屋内。房间中央是一张桌子，上面有一个用胶带固定着的拉炮，正对着门口。四周满是彩色的纸带和碎纸屑，看样子拉炮已经完成了自己的使命。

我顺着门把手上系着的细线看去，发现这根线同时连接着门把手和拉炮。也就是说，门一被打开，拉炮就会启动。

我们一起走进房间，神宫寺先生拿起桌子上的照片。那是一张 A4 大小的手枪照片，上面用红字写着"枪杀"。

神宫寺先生哈哈大笑起来："这代表我游戏失败了吗？"他把照片撕成两半，嫌弃地摘掉缠在身上的纸带，喃喃自语："游戏失败了啊……"

他看向创也和朱利叶斯，眨了眨眼："你们俩看上去比我聪明，所以我本打算等你们中有人找到了宝物再抢过来。"说着，他鞋也不脱就躺到了床上。"但是，我还有机会，只要抓到反派，一样能拿到《绯红梦境》。"神宫寺先生望着天花板，眼里是顽强的光芒，"我还没有放弃。"

这时，丽亚小姐走了进来。她穿着白色的浴袍，头发还是湿的。

"人啊，学会放弃很重要。"她一边用毛巾擦着头发，一边对神宫寺先生说，"哎呀，怎么能穿着鞋躺在床上？还有，你身上都是火药味，快去冲个澡吧……"

丽亚小姐说个不停。然后，她看向我们："你们也是，都去洗洗澡吧。或者泡个澡更好，热水能消除身体上的疲惫哟。"

我们早已被香皂的味道和丽亚小姐身上散发出来的热气熏得发晕，忙不迭地离开了。

现在，丽亚小姐和神宫寺先生已经惨遭淘汰，剩下的选手就只有柳川先生、朱利叶斯和创也了。

但线索中断，游戏陷入了僵局。这就像要在没有任何提示的情况下解开保险箱的密码。

创也大概也是同样的心情，吃完晚饭回到房间以后，他就一直坐在椅子上闭目沉思。我们从图书收藏室借来几张肖邦的 CD，此刻钢琴声正温柔地流淌着。（比起钢琴曲，我觉得这种时候听《洛奇》或者《乒乓》的电影原声带更合适……）

为了不打扰创也，我安静地翻开一本书（也是从图书收藏室借来的），但注意力始终无法集中。

"创也，你带伞了吗？"

"带伞？"创也睁开一只眼睛。

"好像要下雨了。"

实在不行，有个大塑料袋披在身上也能凑合。

"你是怎么知道的？"

创也竟然不知道？这下轮到我奇怪了。

"因为刘海盖住眼睛了。头发塌下来，就说明快下雨了。这也是奶奶告诉我的。你不知道这个原理？"

创也把另一只眼睛也睁开，说："你的奶奶知道不少科学知识呢。以前有'梳子不顺雨将临'的说法，这是因为下雨或者快要下雨的时候，空气湿度会变高。空气湿度高了，头发就会伸长，湿度低时则会缩短。而且，头发吸收了空气中的水分，含水量可以变为平时的 3 倍。体积膨胀，头发横截面的面积也会随之变大。"

原来如此，湿度高的时候，头发会吸水膨胀，所以才梳不通。

"头发会随湿度的变化而伸缩，人们便利用这个特性发明了毛发湿度计。"

"哦……"听着创也的讲解，我的手指不自觉地敲起了椅子扶手。正是因为这样，奶奶才会告诉我，只要头发贴在头皮上就会下雨。

"提问时间到。"创也伸出食指，"黑发和金发，哪种更适合做毛发湿度计里的头发？"

"嗯……我总觉得黑发更适合。"

结果创也却说："回答错误！用金发，尤其是小女孩的金发最好。"

"为什么？"

"比起黑发，金发更细，横截面更趋近于圆形。小女孩的金发又普遍比黑发细了三分之一或四分之一，而且受损程度低，所以对湿度的变化更敏感。"

敲了椅子扶手太多下，我的手指都有点儿痛了。于是，我起身走进浴室，给浴缸注满了热水。

"你一口气说了这么多小知识，心情好多了吧？趁现在泡个澡，说不定能想出什么寻宝的好主意。"我说着，把一条毛巾扔到创也的头上。

"我冲个凉就行了。"

我把一脸不情愿的创也推进浴室："别辜负我的一番好意。热水已经放好了，快进去好好泡个澡吧！"

我又拿了一条毛巾缠在头上，撩起刘海，准备继续读书。可我翻开书还不到 5 分钟……

"幽灵！幽灵！"浴室中传来了创也的叫声。

搞什么？

我起身的同时，浴室门被推开，创也只在腰间围了一条浴巾就冲了出来。他的头发还在滴水，嘴里不停地说着"幽灵，幽灵"。我摘下头上的毛巾，眼疾手快地将其拍到创也脸上。创也被拍得一愣，终于安静下来。

我拿回毛巾帮他擦头发，顺势问道："浴室里出现幽灵了？"

"什么幽灵？我说的是'eureka'。"

优瑞卡？什么意思？

"是希腊语。阿基米德你总该知道吧？"

阿基米德……我应该知道吗？

创也耐着性子解释道："阿基米德是古希腊的学者。他在泡澡的时候忽然有了灵感，发现了'阿基米德定律'。结果，他兴奋得连衣服都忘了穿，喊着'Eureka! Eureka!'就跑上了大街。"

在街上裸奔……如果在当代，他一定会被当场逮捕。创也至少还知道在腰上围条浴巾。

"那这个'eureka'是什么意思呢？"

"是'我发现了'的意思。我也和阿基米德一样，在泡澡的时候有了新发现，才不由得喊出了'eureka'。"创也眉飞色舞地说，"看来偶尔也可以听听别人的建议。"

果然这家伙只是偶尔才听我的建议啊……

我叹了口气，直奔主题："所以你的新发现是……？"

"栗井荣太的想法，这次寻宝的真实目的，以及他邀请我们的理由，我终于全搞清楚了。"创也拿起洗漱台上的眼镜，并将其戴上。

听到这话，我不禁起了一身鸡皮疙瘩。

五官端正的创也扬起嘴角，露出一丝恶魔般的微笑。

"好了，冒险正在前方等着我们呢。你先去冲个澡，好好休息一下吧。"这次是创也把我推进了浴室。

事情发展得未免太快了，我有点儿不明所以。不过既然创也说他"全搞清楚了"，我也只能相信他。

等我冲完澡回来时，创也已经换好睡衣，酣然入梦。折腾了那么久，有了这么重大的发现，竟然能说睡着就睡着，他还真是心宽啊。

冒险正在前方等着我们……还是提前做些准备吧。我把手边的东西通通扔进书包里，昨天的胶带也放进去了。除此以外，书包里还有奶奶留给我的小刀。

好了！整理完装备，我也躺在了地板上。剩下的，就交给时间吧。

不知睡了多久，我被创也制造出的响动吵醒，睁开了眼睛。

"我们走吧。"已经收拾妥当的创也推开门就要走。

我伸了个大大的懒腰，爬了起来。本来我也没换睡衣，直接出门也没关系，但是……

"我们到底要去哪儿呢？"

"你在说什么？"创也耸了耸肩，"当然是去拿《绯红梦境》了。"

"……"

不行，虽然身体醒了，但我的大脑好像还在沉睡。我看了眼创也的手表，游戏时间还剩不到 12 个小时了。我背上书包，跟上创也。正在我疑惑到底要去哪儿拿《绯红梦境》的时候，创也领着我来到了会客室。

他站在壁炉前——可壁炉我们昨天中午不是搜过了吗？看到那张写着"可惜"的纸条，我整个人都燃烧殆尽了。

"昨天的你确实很可惜，差一点儿就能找到宝藏了。"创也背靠在壁炉的炉台上对我说，"把 10 张透明塑料片叠放在一起就会出现藏宝地图，这个方法很好，既巧妙，又不过分刁难人。但我们的对手可是栗井荣太，你觉得他会满足于这种平凡的谜底吗？"

我稍加思考，得出"不会"这个结论。以我的经验来看，栗井荣太和创也很像。如果是创也，他一定会选择更加古怪且无厘头的方法。

我对创也说："栗井荣太是游戏迷，说话难听又喜欢喝红茶，肯定会用更刁钻的方法。"

"你为什么觉得栗井荣太喜欢喝红茶？"创也用冰一样寒冷的眼神盯着我。

我立刻装傻，试图蒙混过关。

创也清了清嗓子，说："那么，你再想想，抽象画总共有 10 幅，那最后那张少女肖像画呢？它跟其他的画尺寸相同，一样挂在那里，难道就毫无用处吗？"

确实如此，同样尺寸的画共有 11 幅，我们只用了其中的 10 幅，所以才会"可惜"。可是，第 11 幅画究竟要怎么用呢……

"只要学过中学英语，就能解开这个谜题。不，也许连小学生都能知道吧？内人，你知道'少女'的英文是什么吗？"

这也太简单了。

"是'girl'。"我说。

"虽然发音不太标准，但你答对了。"

答对不就够了吗？创也非要挑我的刺。不过，他为什么要问我这么简单的问题？

创也继续解释道："那幅画中只有一位少女。'一位少女'怎么说？"

"A girl."这次我特意强调了"l"的发音。

"That's right（答对了）!"创也做作地说，"'a girl'就是'up go'，也就是'向上走'的谐音。栗井荣太的意思是顺着这个烟囱向上，就能找到《绯红梦境》。"

"等一下！"我大喊道，"这个思路太跳跃了。从少女画像扯到'a girl'，现在又成了'向上走'，过于牵强了吧?！况且，为什么是英语呢？就不能是法语或者希腊语吗？"

创也显得很意外："啊，你没注意到吗？"

注意到什么？

"画框的尺寸。"

尺寸不是 A5 吗？

等等，我突然意识到：A5 就是"英语"[1]……我张口结舌，无语凝噎。

创也看到我的精彩反应，不由得笑了起来："很荒唐吧？我还挺喜欢的。"

果然，创也和栗井荣太一模一样。

创也指了指壁炉，成竹在胸："《绯红梦境》就在这里。剩下的就是爬上烟囱，把宝物收入囊中了。"说着，他推了一把我的后背。

"你难不成是想让我去爬？"

"我刚洗过澡。"创也坦然地说。

但这根本不是理由啊！我明明也刚洗过澡。

"而且，你比我更擅长运动。"

"……"

---

1 日语中的"A5"与"英语"同音。——编者注

我深深地叹了口气。

"人啊，学会放弃很重要。"没想到丽亚小姐的这句人生箴言此时此刻竟然在我头上应验了。

"好吧。"

创也等到了想要的答案，笑容满面："带你来是个正确的决定，感谢老天爷。"

感谢老天爷还不如感谢我，一句诚心诚意的"谢谢"就够了。

"好了，去吧！"创也连句"谢谢"都没有，就把我推了出去。唉……

我钻进壁炉，抬头朝烟囱里面望去。约1米见方的空间向上延伸，不算狭窄，但黑黢黢的，什么都看不见。这个壁炉明明看上去闲置已久，但还是有煤灰钻进了我的嘴里。

"创也，你带手电筒了吗？"

"怎么可能带着？你去别人家做客的时候，也会特意带着手电筒吗？"

确实，我也没带。但后悔是解决不了问题的。我从角落的柴火堆里找出一根不大不小的木柴，然后从背包里拿出小刀，在上面划出许多刻痕。

"创也，去厨房拿一瓶烈酒来。"

"要多烈的？"

"边抽烟边喝就会引起火灾的那种。"

"小菜一碟。"创也说着，离开了会客室。

和爬烟囱相比，别的事都应该算小菜一碟了吧？

我先用胶带在木柴下端缠了几圈，作为握把儿；然后，我在木柴上端有刻痕的地方淋上创也找来的酒；最后，我用壁炉旁的打火机引燃木柴。木柴猛地蹿出蓝白色的火焰，燃一个小时应该没问题。

我举起火把，照了照烟囱里面，发现内壁伸手可达之处竟然安有一架铁梯子。

"里面有梯子呢！"我特意面朝着创也说道。

"太好了，有梯子爬起来就更容易了。"创也一脸事不关己的样子。

结果还是要我来爬啊……真拿他没办法。我把火把叼在嘴里，伸手抓住梯子，小心翼翼地向上爬。煤灰弄脏了我的衣服，但我无暇顾及。烟囱顶端盖着一张挡雨的塑料布，隐约透进微弱的光线。

"嗯？"

刚爬到一半，我发现右手边的烟囱壁上有个地方十分可疑。本来烟囱的内壁是用耐火砖砌成的，但只有这里是块铁板。

这是什么？

我推了推那块铁板，没怎么用力便推动铁板向后翻起。与此同时，有灯亮起来，一条密道出现在我的眼前。放下铁板后，灯也自动熄灭了。看来，这块铁板是用来掩藏密道和控制灯光的。

密道和烟囱内壁相同，也是用耐火砖建造而成的，内部稍显狭窄，但是恰好够一人通过。我放下铁板，顺着梯子钻出烟囱。

"找到《绯红梦境》了吗？"创也急不可耐地问。

我没有回答，而是背上包，把小刀和胶带别在皮带上，然后用沾满煤灰的双手在创也的脸上用力一抹。

"这样你就不用担心会弄脏了。走吧！"我推着创也的后背，在他的白衬衫上也留下清晰的黑手印，"我已经找到了通往宝藏的道路。"

我俯身钻进密道，匍匐前进。创也跟在我身后。我的脑中回响着电影《大逃亡》的主题曲，感觉自己就是查尔斯·布朗森。

"从高度来看，我们现在应该在二层的阁楼。"创也自言自语道。

我没作声。比起密道经过哪里，我更想知道它通往哪里。

终于，我们来到了密道的尽头。尽头下方有个洞，直直地向下通去，洞内也架着铁质的梯子。下方似乎是个亮灯的房间，从密道里能看到房间的地板。

"创也，换你来看一下。"

我努力侧过身，让创也挤到了我前面。

"从这个深度来看，下面应该是地下一层。"创也冷静地做出判断。

"等一下！"看到他打算爬下梯子，我赶忙出声阻止。我从书包里拿出一张纸巾，揉成团，用火点燃后扔进洞里。纸巾落到地板上，燃烧了一会儿后化为灰烬。

"这是做什么？"

"我在确认下面有没有氧气。在山里碰到陌生的洞穴，不能贸然进入。这是奶奶告诉我的。"

"嗯，我就说带你来是个正确的选择。"

创也先爬下梯子，我跟在后面。爬了很久之后，洞里忽然传来创也沮丧的声音。

"糟了……"

"怎么了？"

"梯子到头了。但我们刚到地下室的天花板，离地板还有段距离呢。"

"不能直接跳下去吗？"

"我可不是武打演员。"

"真不巧，我也不是。"

我们不约而同地叹了口气。

"创也，你带登山绳了吗？"

"你去别人家做客的时候，会带登山绳吗？"

嗯……我不会，应该也没人会带吧。

我只好左手抓牢梯子，右手撕开腰上的胶带，准备利用胶带的黏性做出一股不太美观的绳子。

"目测到地板还有多远？"我问创也。

"差不多 4.5 米。"创也回答。

那绳子差不多做 10 米长就够了。

我一条胳膊的长度大概是 50 厘米，所以先比着胳膊的长度做出 1 米的绳子，然后再延长 10 倍就好了。做好一根，再如法炮制，做出另外一根，最后把两根绳子拧在一起，这样做出来的绳子就够结实了。

我把做好的绳子绑在梯子上，又在上面缠了一圈胶带加固。

"完成了！"我把绳子的另一端放下去。

"你还真是有求必应啊。"创也模仿起大雄的语气，"哆啦 A 梦，我有点儿口渴，能给我变一杯果汁吗？"

"嗨……趁我没把你踢下去，你还是快点儿自己下去的好。"

创也似乎察觉到了我话语中的杀气，乖乖抓住绳子落了地。我紧随其后，也落了地。

这是一个陈设极简的房间，没有任何家具，只有角落处有个脚手架，所以显得很空旷。要是这个脚手架就在洞的正下方，我就不必费力做什么胶带绳子了。

房间的正中央孤零零地躺着一个黑色的 CD 盒。

"呃……找到了？"我指着盒子问创也。

"不出意外的话……"创也竖起"剪刀手"以示胜利。

尽管两个人现在都灰头土脸的，但我们还是拍了拍彼此，欢呼雀跃起来。

"来吧！"我们面对面坐在地板上，把 CD 盒摆在面前。

"创也……"我催促创也快点儿打开。

"嗯。"创也拿起 CD 盒，"嗯？"

他的动作停住了。

"怎么了？"

"嗯……打不开。"

不会吧？我接过盒子试了试……真的打不开。

"这个不会也是假的吧？"

创也摇了摇头："不会。如果是假的，反而会很容易打开，好让玩家看到里面那张写着'可惜'的纸条。打不开恰恰说明这个盒子是真的。"

"也许是故意做成这样的，让玩家满心期待，费尽九牛二虎之力打开之后，才发现里面只有一张写着'可惜'的纸条。"

"呃……栗井荣太应该不会这么坏吧？"

"……"你就这么信任他的人品吗？

创也检查了一下盒子："好像上了锁。"

但是盒子上并没有锁孔，只有一条缝隙。

"这个缝隙是什么？"

"可能是卡槽。也许这个盒子要用磁卡来解锁。"

"磁卡？"

"就是酒店常用的那种卡片钥匙，背面有黑色磁条，刷一下磁条信息就可以开门。"

背面有黑色磁条……我似乎想到了什么，但记忆又不甚清晰。

"好不容易走到这里，难道只能放弃了吗……"创也很不甘心。

到底是什么呢？我很在意刚才那个溜走的念头。

黑色磁条……黑色磁条……我拼命地想啊想，想啊想，终于想起来了！那次下水道探险，我在栗井荣太的电脑爆炸后捡到了一张写着"邀请函"的卡片。那张卡片现在就放在我书包的侧兜里。

"创也，用这个试试！"我把卡片取出来递给他。

"这难道是下水道探险那天……？"创也很惊讶。我点了点头。

"你这家伙真是……"创也把卡片插进卡槽。

咔！随着一声金属摩擦的响声，盒盖弹开，露出里面的5张光盘，每张光盘上都有手写的"绯红梦境"几个字，墨水已经凝固。

"创也。"我举起了双手。

创也摘下眼镜："我们做到了！"

我们兴奋地击掌庆祝。

我们打开了宝箱，
获得了"宝物"。

啊……好累。一想到已经拿到《绯红梦境》，我突然间就没了力气，仰头倒在了硬邦邦的木地板上。可创也依然正襟危坐，一脸严肃地盯着《绯红梦境》。

"怎么了，创也？我们赢了，游戏也结束了吧？"

"还没有结束。"

嗯？他在说什么？

"《绯红梦境》都归我们所有了，难道游戏还没结束吗？"

创也晃晃食指，说："我们还是没有脱离栗井荣太的掌控。就算找到了《绯红梦境》，也只不过是在他安排好的游戏里赢得了胜利。仅仅这样，可无法给栗井荣太颜色看。"

"……"

"我们只有从栗井荣太的手心里跳出去，才算是赢得了真正的胜利。"

说着，创也突然看向房门的方向。

"怎么了？"

创也把手指放在唇边，示意我噤声。

房门外面有什么？我也看了过去。

这时，我突然意识到自己忽略了一个很重要的东西。如果奶奶在这里，她肯定会重重地敲一下我的头。（然后罚我不许吃饭……）

被我忽略的东西就是立在角落的脚手架。

假设栗井荣太要进出地下室，他会如何使用这个脚手架呢？

情况一：栗井荣太要从地下室离开。那么，他必然需要利用脚手架爬进密道。这么一来，脚手架会留在梯子的正下方——此时的他不在地下室。

情况二：栗井荣太要进入地下室。那么，他会先利用脚手架下到地板上。为了防止其他人在此时进入，他会紧接着把脚手架从梯子下面移走。

我看着那个脚手架。它现在不在梯子的正下方，这说明……

此时此刻，栗井荣太就在地下室。

"创也……"我把手搭在创也的肩膀上。创也沉默着。

门外，有人……对方似乎屏住了呼吸，但我还是能听到轻微的响动。是一个人，还是两个人？

创也从口袋里掏出小型显示屏，按下"2"键，粉色、红色、绿色、黄色4个光点闪烁在地图上。

创也对着门的方向，坚定地说："我们会跳出栗井荣太的手掌心，和他站在平等的立场上竞争。"

这句话不是对我说的，而是对门外面的人说的。

"我们是否有资格成为栗井荣太的竞争对手，天亮即见分晓。"说完这句，创也转过身去，背对着门，"内人，我们回房间吧。"创也说着，推着我的后背往前走。

我们把《绯红梦境》装进书包，把脚手架搬到梯子下面。我跟在创也后面，爬上了梯子。

回到房间以后，我们轮流冲了个澡。

这个漫长的游戏似乎终于快要迎来结局了。但说实话，我还很迷糊呢。地下室里的神秘人物究竟是谁？我问创也，他却什么都不肯说。

"今晚已经够累了，熬夜对皮肤不好。"创也打了一个大大的哈欠，钻进了被子里。

我还有很多事情想问，但看到创也一副闭门谢客的模样，只好躺在地板上自己苦思冥想。这种感觉就好像做了个无论怎么奔跑都一直原地打转的噩梦。

我越想越不明白：栗井荣太的目的是什么……到底怎么做，才能给栗井荣太点儿颜色看看……

创也看上去已经颇有把握，但我还完全摸不着头脑。想了又想，我只搞明白了一件事，那就是我怎么也搞不明白。

到了明天早上，创也就会揭晓谜底了。

床的方向传来均匀的呼吸声。嗯，那就交给他吧。这么一想，我的心情轻松了起来。

周围一片寂静，只剩下创也的呼吸声。

眼皮越来越重，我也渐渐进入梦乡。

第五章
获得真正的胜利

眼一闭，再一睁，黑夜瞬间变成了白天。

这一觉睡得真香啊……《绯红梦境》到手以后，我也终于能踏实地睡个好觉了。

"现在几点了？"我问创也。

创也似乎早就起床了，不知道在忙活些什么。

"已经10点多了。快洗个脸，清醒一下。"他的声音听上去兴冲冲的。

10点多，也就是说游戏还有不到2个小时就结束了……

"你忙什么呢？"

"做了一些整蛊小玩具。"创也开心地摆弄着火柴，"大家好像都在餐厅里，你也快去吧。"

创也把小型显示屏拿给我看，果然，除蓝色以外的4个光点都集中在餐厅里。

"那你呢？"

创也坏笑道："我等会儿再去。"说着，他把《绯红梦境》

交给我："来，你把这个拿去炫耀一下吧。干脆放到桌子上好了，方便大家拿。"

我很诧异："真的吗？游戏还没结束，万一被别人抢走了怎么办？"

"他们想抢就抢吧。"创也气定神闲地说。

"被抢走也没关系吗？"

创也点了点头。

"……"

我不明白栗井荣太想做什么，更不明白创也想做什么。

"今天你们来得挺晚啊。"

我来到餐厅后，首先开口的是神宫寺先生。

"啊……嗯……"我不知如何回应他。

"一直窝在房间里，也没什么意思……"丽亚小姐坐在椅子上，百无聊赖地捏着手里的糖豆。

朱利叶斯则和往常一样，摆弄着笔记本电脑。

此时的餐厅就像医院的候诊室，所有人都好像在等待什么，但究竟在等什么，除了自己没人清楚。

柳川先生从厨房里走了出来："内藤同学，给你烤一片面包吧？"

"不用了，我自己来吧。"我站起身，才想起有件事情比烤面包更紧急——创也让我把《绯红梦境》拿出来炫耀一下。

"嗯……其实，昨天晚上，我们找到了《绯红梦境》。"我说着，把写有"绯红梦境"的5张光盘放在桌子上。

这时，所有人的反应……嗯？都很奇怪。我原以为大家看到《绯红梦境》摆在眼前会很震惊，结果却并非如此——不，惊讶是有的，但更多的是困惑。

"啊……"神宫寺先生挠了挠头说，"这个……你们没想过要把它藏起来吗？虽然我和鸢尾小姐已经没有参赛资格了，但朱利叶斯和柳川可能会抢走它哟……"

朱利叶斯和柳川先生沉默地看着《绯红梦境》，没有任何要出手的意思。

"我想过，但创也说被抢走也没关系……"

创也到底在想什么呢?！我完全不懂。

就在这时，二楼突然传来了巨大的爆炸声。发生了什么事？

餐厅里的所有人都站起来，冲向楼梯。爆炸声还在持续，是从我和创也的房间传来的，听上去就像有人在放爆竹。

"创也！"我推门冲进去……

结果房间里还真的有爆竹！

"哇——哇——哇——"

小陀螺烟花在地板上转着圈，鞭炮在跳舞，爆竹的碎片和火星飞来飞去。我赶紧关上了门。不久，各种声音渐渐平息，我才再次推开门。

房间里弥漫着火药味和呛人的烟雾。

"创也，你没事吧？"我喊了一声，但没有回音。

地板上有一个烟灰缸，里面残留着黑色的灰烬，看形状似乎是烧完的火柴。灰烬一直延伸到地毯上，多半是导火线的痕迹。

原来如此，这是个简单的定时点火装置：蚊香每5分钟燃烧1厘米，所以只要把火柴棍插在点燃的蚊香中间，就能制造出一个相对精准的定时点火机关。不过，创也为什么要设计这个延时机关，又为什么要引燃爆竹呢？

想到这里，我环顾房间——创也上哪儿去了？

朱利叶斯拿出小型显示屏，上面显示蓝色的光点就在这个房间里，创也却不见踪影。

"喂——创也！"

浴室里、厕所里、床下、衣柜里……能藏人的地方，我全都找了一遍，但都扑了个空。我随手掀起枕头，却发现他的手表就在下面，倒计时已经走到了"01：27"。

"创也……"

这儿只有手表，那创也在哪里？他又是怎么摘下手表的？众人一头雾水，只好回到餐厅。

谁知，创也就坐在餐桌前，而且桌上已经备好了茶水。

"距离正午还有些时间，各位如果方便，要不要喝杯红茶，放松一下呢？"他说着，悠然地端起自己的茶杯。

大家也回到各自的座位上。

"你是怎么把手表摘下来的？"神宫寺先生问。

"这个问题，请允许我稍后回答。"说完，创也拿起放在桌上的《绯红梦境》光盘，"首先请各位回答一下我的问题吧。刚才大家离开餐厅的时候，《绯红梦境》就这么放在桌子上，却无人在意。你们不觉得奇怪吗？"

大家都没有说话。

创也继续说："我也曾经怀疑过，难道我手中的《绯红梦境》是赝品？但这不太可能。我想栗井荣太应该不会小气到用赝品来充当寻宝游戏的宝物，对吧？"

创也的目光依次扫过神宫寺先生、丽亚小姐、柳川先生，还有朱利叶斯，仿佛在寻求他们的认同。

"你在问谁啊？这里又没人认识栗井荣太。"

我说完，创也晃了晃手指。

"我就是在问栗井荣太啊。"

啊？

创也对着不明就里的我说："栗井荣太[1]就是我们面前的神宫寺先生、丽亚小姐、柳川先生和朱利叶斯。"

嗯……抱歉，我完全不懂他在说什么。栗井荣太就是面前这些人？

"是的，就是这样。"创也露出恨铁不成钢的表情。

"栗井荣太不是一个人的名字吗？"

创也摇了摇头："不是。'栗井荣太'其实是一个游戏创作团队的名字。"

这么说来，之前在下水道的时候，创也就说过：现在的电脑游戏制作起来非常复杂，仅凭一个人几乎是做不到的。

想到这儿，我终于明白了，创也的意思是"栗井荣太"不是一个人，而是一个团队。

我还在等着屋里的某个人站出来说"栗井荣太怎么会是

---

1 "栗井荣太（くりいえいた）"这个名字与英语单词"创作者（creator）"在日语中是同一个发音。——编者注

团队的名字呢？不要开这种玩笑了"，却只听见神宫寺先生叹了口气。

"哎呀，被你发现了呢……"

"这也没办法。"丽亚小姐也松口了。

"Congratulations（祝贺）!"朱利叶斯伸出右手。

柳川先生什么都没说，只是竖起了右手大拇指。

怎么大家都一副皆大欢喜的样子？只有我愣在那里，头上顶着大大的问号。我还有很多事情没弄明白呢！

首先是第一天的那通视频电话，当时神宫寺先生不是一直在和栗井荣太对话吗？

"那不是视频电话，只是提前录好的影片。"了解到我的疑惑，创也解释说。

可是，那就更奇怪了啊！

我说："不可能，神宫寺先生怎么能和录像里的人对话呢？"

"很简单，只要备好剧本、掐准时间就行。"

我闭上眼睛，回忆起当时的情形。那时，丽亚小姐和柳川先生各自手里都拿着纸，神宫寺先生……则拿着一份桌游说明书，还有朱利叶斯也一直盯着笔记本电脑。难不成他们都是在看剧本？

一旦开始回想，很多疑点就突然间浮现出来。

显示屏里的栗井荣太说"感谢5位接受邀请，前来赴约"，但当时房间里明明有6个人。我是擅自跟来的，所以那时我还以为是栗井荣太无视了我，原来并非如此。因为那是录像，栗井荣太事先并不知道房间里会有第6个人。

之后创也提问的时候，栗井荣太也没有回答。一想到那是录像，这点也解释得通了。

"栗井荣太说过，自己就在别墅的某处。其实他根本没有躲起来，而是一直在我们眼皮子底下。"创也说。

"那树林里的反派是……？"

创也回答道："恐怕是摘了手表的柳川先生。我说的话对吗？"

创也看向柳川先生，后者点了点头。

"停！先告诉我，那块手表是怎么摘下来的？"我好奇地问。

"很简单，放在水里泡一会儿。"创也说。

"呃……然后呢？"

"然后就可以摘下来了。表带的一部分不是藤蔓编织而成的吗？泡进水里，表带就会变长。"

"……"

这个方法简单到让我说不出话来。

"和你聊完头发的话题后，我不是去泡澡了吗？那时表带变松了，我才想起植物吸水之后也会变长。冲绳地区就有一种由植物编成的手环，泡在水里变长以后才能戴。当然，也有一些植物泡水之后不会伸长，反而会缩短，比如龙舌兰。那时你为什么会往浴缸里注热水，还记得吗？"

"那是……"我开始翻找记忆，"好像是因为丽亚小姐说热水能消除身体的疲惫。"

"正是如此。也就是说，为了让我摘掉手表，丽亚小姐给了我们提示。"创也朝丽亚小姐轻轻点头示意，后者嫣然一笑。

"不只是丽亚小姐，朱利叶斯也给了我们提示。你还记得那些暗示《绯红梦境》藏宝地点的抽象画吧，我们为什么会注意到那些画呢？"

"嗯……"我又翻找起回忆的抽屉，终于发现了答案，"因为我们从外边回来时，恰好碰到了朱利叶斯，他提出那些画有点儿问题。"

听我说完，朱利叶斯比了一个胜利的手势。

"这下你明白了吧？热心的栗井荣太还是给了我们不少提示的。"创也语带讽刺，"所有人都在按照剧本行动，真正的玩家只有我和你而已。"说到这儿，创也站了起来，"那么，我们来从头梳理一下这几天发生的事情吧。"

"我们在树林里看到的反派就是柳川先生，这一点刚才已经说过了……"

我举手打断创也的话："等下，等下！我有问题！你怎么能确定那就是柳川先生呢？"

"因为柳川先生负责给大家做饭。手表必须在水里泡一会儿才能摘下，但如果中午就去泡澡必然会引起怀疑，除非是一直在厨房工作，手上长时间沾水就很自然了。"

我识趣地放下了手。

创也继续说："之后，反派袭击了丽亚小姐。"

机会来了！我又举起了手。

"对，这里也有问题！当时我们不是已经有结论了吗？神宫寺先生、柳川先生和朱利叶斯都没有时间袭击丽亚小姐。"

"都已经知道栗井荣太的真面目了，你还想不明白吗？"创也耸了耸肩，无奈地说，"这题是原题，只是稍微变了一下形而已啊。"

创也的话让我想起了数学课，我顿时浑身难受。

"那么短的时间内，柳川先生确实无法把房间弄乱，但如果房间早就乱了呢？"

啊？

"晚饭前，我们隔着房门跟丽亚小姐说话的时候，她就已经把房间弄得一团糟了。"

"……"

"之后，柳川先生趁我们都在餐厅时假意去叫丽亚小姐，实际上是进入她的房间，帮她堵住嘴，并用胶带绑住她的手腕。做这些不需要太长时间，所以柳川先生可以迅速回到餐厅。之后我们看到凌乱的房间就会产生'柳川先生没有时间弄乱房间，所以反派另有其人'的想法了。"

好吧，创也的分析有道理。被他这么一解释，我有疑问的地方其实很简单。

"神宫寺先生被袭击那次就更简单了，完全是他自导自演的。"创也对着神宫寺先生说，后者点了点头。

“我看到柳川先生做的菜后，立刻就明白这些人其实早就互相认识。”创也望向柳川先生，“前天晚上，您为丽亚小姐准备了牛排，却没有端生鱼片。可您是什么时候知道丽亚小姐不吃鱼的呢？还有，您又是什么时候知道朱利叶斯不吃辣的呢？”

柳川先生笑了起来：“菜不合口味的话，这两个人可是要抱怨很久的。”

听到他的话，朱利叶斯和丽亚小姐都不满地噘起了嘴。

神宫寺先生跷起二郎腿：“没错，‘栗井荣太’是我们所有人的名字。需要我再介绍一下吗？”

“请。”创也坐了下来，准备洗耳恭听。

“既然你也想成为游戏制作人，那你应该知道现在的游戏是集体力量的结晶吧？”

创也点了点头。

“但是我们——不，确切来说，是我个人对这点很不满意。的确，这种大型游戏能够汲取各个制作成员的长处，提高制作效率，成品质量也很高。但与此同时，每个参与者的个性和灵魂消失了，只剩空有其表的游戏。像你这样试图以一己之力创作出最好的游戏的人越来越少，所以我才想做出一款既能传递出制作人的心声，又能给予游戏玩家创作欲和灵感的游戏。"

"……"

"简单来说，我对现在的游戏产业很失望。"

"我明白您的意思，如今的游戏产业过于臃肿，您想做一头单打独斗的孤狼。但栗井荣太也是个多人团队，您的言行似乎不太一致呢。"创也说。

神宫寺先生摇了摇头："我们四个人合在一起才是栗井荣太。少了任何一个，栗井荣太都不存在。"

我能够理解神宫寺先生的话。不过创也一直以来确实是独来独往，恐怕很难体会这种感觉吧。

这时，创也瞥了我一眼。

怎么了？

他的视线又回到了神宫寺先生身上："我能理解。'栗井荣太'这个名字背后是所有成员的努力。"

神宫寺先生点了点头，为我们逐一介绍每位成员。

"鹫尾小姐——平时我们叫她'公主'——负责写游戏剧本。"

"这次的寻宝游戏，剧本就是我写的呢。但大家的演技实在太差了，简直浪费了我的精心设计。"

听到丽亚小姐的抱怨，神宫寺先生等人只能苦笑。

"顺便一提，我这个'公主'的称呼来自《星球大战》里的莱娅公主。"丽亚小姐说着，冲我们眨了眨眼。

"其实是因为她太任性了，所以才叫她'公主'……"神宫寺先生小声说。

还好丽亚小姐没听到这句话……

"Willow，也就是柳川。也许你们看不出来，他其实既是音乐生，又是美术生。游戏里的所有音乐、美术设计都由他来负责。而且，他行动敏捷，擅长运动，所以动作设计也是他的工作。"

"为什么管柳川先生叫'Willow'呢？"创也插话说。

"因为柳树的英文就是 Willow。"神宫寺先生说，"之前那个给你们送邀请函的邮递员就是 Willow 假扮的。"

听他这么一说，我突然想起来了，卓也先生曾经说过那个邮递员比他还强。可是，眼前的柳川先生看上去挺普通的啊……

于是我直接问道："柳川先生，您很厉害吗？"

柳川先生温和地笑了笑，将杯里的红茶一饮而尽，然后伸出食指轻弹茶杯，结果当的一声，茶杯裂成了两半。

好吧，此时无声胜有声。

"朱利叶斯负责编程，或者说所有和数据处理有关的工作都是他在做。比如做一些好笑的电脑病毒，用电视台的机器给视频加马赛克之类的，他都没问题。"

"所以，日本电视台里那个金发的女孩子是……？"

"就是朱利叶斯。"

"您在说什么啊，神宫寺先生？我可不像朱丽叶一样会说方言。"朱利叶斯从笔记本电脑上抬起头来。

"啊，对对对……"神宫寺先生安抚似的笑笑，然后对我和创也小声说，"他一穿上女装，性格就会发生变化。"

"朱丽叶是谁？"创也问。

"是他的另一个人格。据朱利叶斯自己说，朱丽叶是他的双胞胎妹妹，两个人刚出生不久就分开了。朱丽叶在大阪长大，所以会说大阪方言。"

"……"

人物设定居然如此详细……

看来，丽亚小姐、柳川先生、朱利叶斯都非同一般。

我问："神宫寺先生，那您负责什么呢？"

"我负责统筹工作。当然，对外联系啦，营销啦，建立和维护秘密基地啦……大大小小的杂事也都是我来。"

所以，他就是栗井荣太的经纪人喽？

"这栋别墅是去年买来的，之后又是建造地下室，又是安装防盗系统……花了很多钱，都够买一栋新房了。"

"各位是在地下室里制作游戏吗？"创也问。

"是。你们找到《绯红梦境》的那个房间不是有扇门吗？那扇门的背后就是我们的工作室，算是栗井荣太的秘密总部吧。"神宫寺先生说到这儿，突然露出一个令人毛骨悚然的笑容，"你们很聪明。如果有胆子推开那扇门，我就不能保证你们能活命了。栗井荣太总部的危险程度可是和科利尔豪宅不相上下的。"

"科利尔豪宅是什么？"我问创也。

"是一栋位于美国纽约的豪宅，里面的陷阱非常多，可以说是固若金汤。"

"如果非要进去呢？"

"顶多就是丧命喽。"创也轻描淡写地说。

我有些后怕，冷汗直流。

神宫寺先生继续说："话说回来，如果真有笨蛋不知好歹，死到临头还想追查栗井荣太的真面目，那就活该了。"

这句话说得也很轻描淡写。

创也之前说过，栗井荣太想把追查自己的人一网打尽……这样看来，这个推断也不算完全说错了。

紧接着，神宫寺先生又换上一种明快的语气："不过，你居然能识破栗井荣太的真面目！我——不，栗井荣太认输了。"

太好了！我的内心欢欣雀跃。

"那么我希望各位能说一句话，作为认输的证明。"创也环顾众人。

"要说什么？"朱利叶斯问。

"谢谢你给我颜色看。"

"……"

所有人都愣住了。

"作为一个作家，我可不想说这种'烂梗'。"丽亚小姐说。

柳川先生没说话，但好像在偷笑。

"这句话是什么意思？我给你看什么颜色了？"说这话的是小学生朱利叶斯。

但很快，栗井荣太就妥协了，四个人齐齐说道："谢谢你给我颜色看。"

"好了。"神宫寺先生把放在桌子上的《绯红梦境》推到创也面前，"恭喜你，现在它属于你了。"

这时，挂在墙上的钟表时针刚好指向 12 点。

创也严肃地看着眼前的《绯红梦境》，半晌，又将它推了回去。

"这个还给各位。"创也看着神宫寺先生说，目光炯然。我还是第一次见到他露出这么可怕的表情。

"您觉得把《绯红梦境》给我们，我们就会乖乖闭嘴了吗？"

"……"

"别小看我们。"创也一字一顿地说。

创也的用词让我觉得很欣慰——他说的是"我们"，是我和创也。

"而且我们并不需要《绯红梦境》。好意心领了，东西还给您。"

"你好像不太明白……"神宫寺先生抱着胳膊，"这不是赝品，是真正的《绯红梦境》。所有游戏公司都拼了命想得到它，只要肯转手，你就能发大财。我实在不懂你为什么拒绝。"

"我明白你们放弃《绯红梦境》的理由。"创也说，"栗井荣太虽然做出了《绯红梦境》，却对它没有感情，因为你们发觉电视游戏、电脑游戏已经发展到了极限。我没说错吧？"

"你为什么会这么想？"神宫寺先生压低了声音。

创也回答："因为我也有同感。"

空气凝固了，只有挂钟在嘀嗒作响。时间缓缓流逝，还是创也率先打破了沉默。

"这位内人同学也是一个不同寻常的初中生。"创也看着我说道。

他怎么突然说这种话？

"我不知道他到底是怎么长大的，但是他无论遇到什么危险都能够化险为夷，可以说是史上最厉害的初中生。有他在，就算我不想，也总是会被卷入危险中。"

等一下！每回被卷进危险中的人都是我吧？！

"但是，冒险很有趣。虽然电脑游戏也很有趣，但是和内人一起冒险更有趣。"创也环顾众人，"我很想在游戏中还原出这种快乐的体验。"

丽亚小姐忽然喃喃道："RRPG[1]……"

神宫寺先生听到这句话，吓了一跳："公主，你说漏嘴了！"

"那又怎么样？"丽亚小姐从手包里拿出一块蜂蜜蛋糕塞进嘴里，"这个孩子和我们有同样的感受。说真的，你要是能加入我们就好了。不过，你应该没有这个想法吧？"

创也点了点头。

"我挺喜欢这个孩子的，所以我打算把我们接下来的计划告诉他，你有意见吗？"丽亚小姐看向神宫寺先生。

神宫寺先生闭上眼睛，无奈地摇了摇头。他的表情像在说：我怎么敢有意见？

"RRPG 不是像电脑游戏那样的虚拟现实，而是在现实世界中进行的角色扮演推理游戏。比如用位置定位系统玩躲猫猫，或者扮演侠客争夺传说中的秘籍，还有……"

"寻宝者和反派之间的对抗。"创也开口抢走了丽亚小姐后边的台词。

"没错。你应该也察觉到了，这次的寻宝游戏也是

---

1 即"real role-playing game"，真人角色扮演推理游戏，类似于近几年流行的剧本推理游戏，栗井荣太把它简称为"RRPG"。本系列于2003年就开始连载，可见作者在游戏方面的确很有前瞻性。——编者注

RRPG 的一种。你玩得开心吗？"

"我玩得很开心，唯一的问题是其他参与者的演技有些拙劣。只有所有玩家全部入戏，RRPG 才会变得好玩。我认为神宫寺先生他们对寻宝不够积极。"创也很严格。

"你观察得还挺仔细嘛。"丽亚小姐笑着说，"但有了这次的经验，我们会制作出更加完美的 RRPG。你准备怎么应对呢？"

创也思考了一会儿，回答道："我原以为栗井荣太会创作出'第五大杰作'，而'第六大杰作'将会在我手中诞生。但……我错了。"

"你在说什么啊，创也?！你怎么能轻易地放弃自己的梦想呢?！龙王创也可是冷血无情又没人缘的冷血游戏迷啊！没想到你这么没常性，说放弃就放弃！我真是看错你了！"

我还没说够，就被创也用食指按住了嘴。我只好不再言语。

"有个细节，你刚才说了两遍'冷血'。"创也皱着眉，叹了口气，"我从来都没说过我要放弃梦想，你先听我说完。"

"嗯……好吧，那你的意思是……？"

创也看着神宫寺先生、丽亚小姐、柳川先生和朱利叶斯，沉着地一笑。

"会创作出'第五大杰作'的不是栗井荣太，而是我。"

"这孩子真可爱。"丽亚小姐舔了舔嫣红的嘴唇，"朱利叶斯，你也学学嘛。"

"我才不会口出狂言，四处吹牛。"朱利叶斯马上说。

"我支持朱利叶斯。会创作出'第五大杰作'的是栗井荣太。这不是推断，不是预测，而是既定事实。所有的数据都能证明这一点。"神宫寺先生露出锐利的目光断言道。

这不怒自威的气势真不得了……决心制作出"第五大杰作"的传奇游戏制作人——栗井荣太的自信压倒了我。

然而，创也不以为然："那我就来告诉你一些'栗井荣太'不知道的数据吧。"

"有什么是我们不知道的？"

创也用手指着自己的胸口说："就是我，龙王创也。"然后他用手指向我，"还有龙王创也的伙伴，内藤内人。"

嗯？我？

"新增了这些数据，您还能认定'第五大杰作'会由'栗井荣太'创造吗？"

"……"

"就以这座城市为舞台，我和内人会创作出更加了不起的 RRPG。"然后创也举起手，把它像手枪一样指向栗井荣太的成员，"不要轻敌，小心自食其果。"

创也，说得好！我在心中热烈地鼓起掌。就算是虚张声势也没关系，剩下的……剩下的总会有办法。

"那么，我们就准备告辞了。托各位的福，我们度过了非常愉快的假期。"创也点头道别，我也跟着颔首。

回房间取了行李，我们来到玄关，发现神宫寺先生他们正在那里等我们。

"刚才我们商量了一下。"神宫寺先生向创也伸出右手，"栗井荣太决定正式把龙王创也视为竞争对手。"

"谢谢。"创也也伸出右手，和神宫寺先生握了握。

获得栗井荣太的认可只是刚刚获得了出场资格，成绩斐然的他们已经遥遥领先了。但这不是短跑比赛，在抵达终点前，我们还有机会。这场比赛恐怕会很激烈吧？但只要不放弃，全力奔跑，我们还是有胜算的。

"虽然不知道我们哪一方能先创作出'第五大杰作'，但等到分出胜负的那一天，"神宫寺先生眨眨眼睛，"我们就来聊一聊《碟中谍》吧。"

"好。"创也点了点头，"那我们先走了。"

我们推开大门，发现外面正在下大雨。

"哎呀，下雨了呢。"丽亚小姐兴奋地说。

"请问……能借我们一把……"

神宫寺先生打断了我的话："提问，栗井荣太会好心到借伞给竞争对手吗？请用'Yes（是）'或'No（否）'来回答。"

"Yes（是）……"创也提心吊胆地说。

"回答错误！"栗井荣太四人齐声说道，"再见！"

大门在我们眼前砰的一声关上。这些家伙也太无情了吧……

我望着面前的瓢泼大雨，说："创也，怎么办？"

"内人，你能想想办法吗？"

"下雨就会被淋湿，这是自然的法则，不以我的意志为转移。"

"……"

"……"

"没办法，硬着头皮走吧。"

我们就这样走进雨中，无数雨点劈头盖脸地打在我们身上。不到 10 秒，这个世界就多了两只落汤鸡。当然，周围的行人都打着伞。

"能打电话叫家里人来接我们吗？"雨水顺着我的发梢不断滴落下来，我迫不得已地说。

"你应该能想到会是谁来接我们吧？"

我想象了一下卓也先生怒气冲冲的面孔，摇了摇头，将这个想法和脑袋上的雨滴一起甩走了。

"你现在明白了吧？即使有手机，我也不能开机。"创也从口袋里掏出神宫寺先生还回来的手机，脸色一瞬间变得铁青。

"怎么了？"

"竟然……开机了……"

创也看了看我。我的脸色应该也很苍白吧。

"那也就是说……"

"卓也先生知道我们在哪里了……"

正说着，我们就听到了低沉的排气管声。这独特的声音应该属于"道奇 Monaco 440"——卓也先生的那辆黑色大型轿车。

这声音越来越近了。

"快跑！"

创也大喊。不用他说，我的身体已经动了起来。我们俩在大雨中拼命地奔跑，灵活地在打着伞的人群中穿梭。雨水不停地击打在我们身上，冰冷刺骨，排气管声在我们身后穷追不舍，如魔音贯耳。但是……神奇的是，我的心情却格外好。

"嘿嘿嘿……"

我不知不觉笑出了声。我看了一眼身边的创也，他也在拼命地跑着，满脸笑容。

"哈哈哈……"

我和创也同时放声大笑。

"哈哈哈！"

雨中，我们边笑边朝着城堡跑去。

尾　声

"来吧！"达夫举起中音竖笛。

"嘿嘿嘿……你能接得住我这一记新魔球吗？"

我选择了昨天在漫画中看到的魔球投法：右手拿球，并高高地抬起右脚，然后转动腰部，出其不意地把球轻轻地扔到左手里！这是一种危险的投法，一不注意就会闪到腰。

但灵活如我，成功用左手接住了球——对接成功！

"进攻！"我用左手猛地投出球。

漫画中的魔球神出鬼没，最后成功进入好球区……

而我投出的魔球……啪的一声，无情地拍在了达夫的脸上。

不用回头我也能猜到，守在外场的创也此时一定深深地叹了口气。

"内人，你靠谱一点儿好吗？！"

从"游戏之馆"回来后，创也突然变得十分开朗。

什么？你问我们被卓也先生追上了吗？关于这件事嘛，

我只能告诉你，我们头上的大包三天才消。

创也不是那种整天瞎忙活的人，他总是冷静、高效，像一台高速运转的机器。然而最近，他像喝醉了酒似的，爱跟大家一起胡闹了。正当我感到奇怪的时候，他又突然像酒醒了一样，闭上眼睛陷入了思考。

他在想什么呢……估计是游戏的事吧。

自从见过栗井荣太，创也就像变了一个人。什么样的游戏才算有趣的游戏？如何才能制作出一款 RRPG？自己想做的游戏，又是什么样的？关于这些问题，他是不是有了些新的灵感呢……我决定去城堡问问他。

"创也，你在想什么呢？"

创也坐在椅子上，闭着眼睛。虽然他表面上不声不响，但脑袋里应该在思考各种重要的事吧？

创也睁开一只眼睛，这样回答我：

"我在想你写在草稿纸上的那个故事。你肯定会故意丑化我。"

骗人……

我一边往水壶里倒饮用水，一边说："我对你的描写是'喜欢红茶的完美初中生'。"

我的话音刚落——

"骗人。"创也闭上了刚刚睁开的那只眼睛。

不,我没有说谎。只要和创也在一起,每天都是值得期待的。

虽然创也现在坐在那里显得很安静,但他只要想清楚了,肯定就会立刻站起来,拉着我奔赴下一场冒险之旅。

在下一场冒险之旅开始前,我能做的就是沏上一杯热乎乎的红茶。

我把水壶放在煤气炉上。

是否要存档?

▶ 是

否

已存档。

"都市里的汤姆&索亚" ①我们的城堡

▶ "都市里的汤姆&索亚" ②欢迎来到游戏之馆

后　记

大家好，我是勇岭薰。

"都市里的汤姆＆索亚"第二册《欢迎来到游戏之馆》终于和大家见面了，让大家久等了。

在这本书中，创也和内人在不停地奔跑。

想象着他们奔跑的身影，我也突然想起"自己最近没怎么跑过步"这件事来。我的孩子们倒是在不停地跑来跑去，手脚并用，像分子做布朗运动一样跑了一圈又一圈。即使没有必须奔跑的理由，他们也会忍不住活动身体。

是的，小孩子是适合奔跑的。

因此，我让创也和内人也跑了起来——对喜欢宅在家里的创也来说，这应该很痛苦吧。

最初这本书由三部构成。但是写完之后，我突然意识到：糟糕！忘了写音乐教室棒球赛了！不写这个，冒险就无法结束！于是，作为番外，我又添加了"音乐教室里的棒球赛"这个部分。

中学时代真是活力无限啊，稍有玩耍的空间，我们就会想调皮捣蛋。音乐教室棒球比赛就这么诞生了。（其他还有：在空旷的走廊里打的"笤帚曲棍球"，在体育垫上玩的乒乓球……）

当然，不管玩时怎么全神贯注，我们都会一直绷紧神经，时刻警惕走廊里响起的老师的脚步声。（没想到10年后，我也成了老师，成了会从走廊上走过来的那个人……）

但是，因为又加入了"音乐教室里的棒球赛"这一部分，草稿就成了480页。最初和编辑约好要在350页以内完成的，结果却超了130页……

所以我只好忍痛割爱，删除了内人开动脑筋约美晴出去的故事——"S计划"。

那么，最后请允许我简单致谢。

喜爱内人和创也的故事的读者们，真的很感谢你们！有了你们的支持，我才能完成这一册的故事（好像每次写后记都要写一次）。这次也不出意料地拖稿了，接受了我迟交的初稿的小松先生、水町先生和阿部薰部长，真的非常抱歉。

因为我迟交初稿，所以出版社留给插画师的创作时间也会随之减少。然而，西炯子小姐依然绘制出了精美的插画，真的十分感谢！（编辑的时间也所剩无几！——背景音）

总是能给予我恰当建议的店长中村巧先生，时刻期盼草稿进展顺利的夫人，以及琢人和彩人，承蒙你们的理解和照顾了。

真的很感谢大家！

那么，我们在内人和创也的新冒险中再见吧！（下一册的初稿已经写完130页以上了！）

请各位保重！

Good night and have a nice dream（晚安，好梦）!

MACHINO TOMU ANDO SO-YA (2)

© Kaoru Hayamine/Keiko Nishi 2004

Original Japanese edition published by KODANSHA LTD.

Publication rights for Simplified Chinese character edition arranged with KODANSHA LTD. through KODANSHA
BEIJING CULTURE LTD. Beijing, China.

Simplified Chinese translation copyright © 2025 by Beijing Science and Technology Publishing Co., Ltd.

著作权合同登记号　图字：01-2024-1511

图书在版编目（CIP）数据

欢迎来到游戏之馆 /（日）勇岭薰著 ；（日）西炯子
绘 ；徐畅译. -- 北京 ：北京科学技术出版社，2025.
（都市里的汤姆 & 索亚）. -- ISBN 978-7-5714-4320-7

Ⅰ. I313.84

中国国家版本馆 CIP 数据核字第 2024KT4689 号

策划编辑：桂媛媛	电　话：0086-10-66135495（总编室）
责任编辑：李珊珊	0086-10-66113227（发行部）
责任校对：赵艳宏	网　址：www.bkydw.cn
图文制作：沈学成　杨严严	印　刷：北京顶佳世纪印刷有限公司
责任印制：李　著	开　本：889 mm × 1194 mm　1/32
出 版 人：曾庆宇	字　数：145 千字
出版发行：北京科学技术出版社	印　张：8.625
社　址：北京西直门南大街 16 号	版　次：2025 年 3 月第 1 版
邮政编码：100035	印　次：2025 年 3 月第 1 次印刷
ISBN 978-7-5714-4320-7	

定　价：39.00 元